Solveig Ockenfuß
Glück auf Teufel komm raus

AF280863

Solveig Ockenfuß

Glück auf Teufel komm raus

Deutsche Bibliothek – CIP-Einheitsaufnahme

Ockenfuß, Solveig
Glück auf Teufel komm raus
Norderstedt bei Hamburg: BoD 2002
ISBN 3-8311-4038-3

1. Auflage 2002
©the author 2002
Druck: BoD Verlag
Umschlaggestaltung: Irmgard Stilper
unter Verwendung einer Collage von Ottmar Bergmann
Abb. S. 5: José Guadalupe Posada, Galería RaRa, Oaxaca
Lektorat: protext, Frankfurt am Main
Printed in Germany

Wo ist mein Glücksbringer, den mir Edda aus Kalifornien. mitgebracht hat? Mein Blick wandert über das Regal in der Küche. Das Regal ist falsch platziert, Essensdünste ziehen durch die Küche, und eine leichte Fettschicht liegt auf den Büchern. Der Abzug über dem Herd kann so hart arbeiten, wie er will, er verhütet nur das Schlimmste.

Ich nehme einen Troll in die Hand und blicke in seine großen Augen. Nelly hat ihm, wie all ihren Puppen, die Haare radikal kurz geschnitten.

„Diese sexistischen Puppen kommen mir nicht ins Haus!" Wie stark ich auch gegen die Barbie-Puppen gekämpft habe, Freunde und Bekannte übertrafen sich an Eifer, Nelly ihre ausgedienten Barbies zu übereignen.

Die Trolle gefielen mir wesentlich besser. Karl und Nelly hatten aus einem riesigen Pappkarton eigens ein Haus für sie gebaut. Mit Plakafarbe bunt bemalt, mit Girlanden geschmückt, hatte es Türen und Fenster, aus denen sie vergnügt herausstarrten. Aus einem Schornstein drang Watterauch, während aus den Türen Tannenzapfen für die stets hungrigen Trolle quollen.

Das Regal der Erinnerungen, Sammlung „Karl und Nelly", beherbergt zierliche Glasflaschen, ein Blechspielboot, leere Blechdosen im Reklamestil der Jahrhundertwende.

Die Gewürzdose „Pimenton Cervantes" ist rot grundiert, eine gekrönte Dame sitzt auf einem monumentalen Podest; sie trägt ein weißes Gewand, darüber einen scharlachroten Umhang, üppig über ihre stattliche Figur hinabgleitend. In ihrer Linken hält sie ein Buch, in ihrer Rechten die marmornen Büsten von Sancho Pansa und Don Quijote. Über die linke Schulter hat die Dame lässig die spanische Standarte gelehnt. Im Hintergrund eine Phantasielandschaft, im Vordergrund Wiese, Bäume treten vor einer Hügelkette hervor. Es dürfte Mittag sein, Wölkchen am zartblauen Himmel weisen auf ein gemäßigtes Klima hin.

Auf der gegenüberliegenden Seite der Dose taucht das Motiv erneut auf. Die Längsseiten dagegen zeigen jeweils Don Quijote, bequem auf Rosinante reitend. Er ist mit Sancho Pansa, neben Ross und Reiter stolpernd, ins Gespräch vertieft.

Eddas Glücksbringer ist nicht aufzufinden. Er lässt mir keine Ruhe. Edda hat ihn mir vor unzähligen Jahren geschenkt. Hat er mir nicht tatsächlich Glück gebracht? Andenken von Verstorbenen soll man in Ehren halten.

Die ovale Blechdose „Flavignys au Jasmin" liegt gut in der Hand. Nelly liebt reich verzierte Döschen jeder Art. Den

Deckel schmückt ein Schäferidyll; ein junges Paar sitzt am Ufer eines Flusses in einem Blumenbeet aus Jasminblüten. Der Junge in Kniebundhosen führt einen langen Wanderstab mit sich und hat sich an das verzückt dreinblickende Mädchen geschmiegt. Aus einem Korb bietet er ihr ostereiergroße „Flavignys au Jasmin" an.

Zur weiteren Ablenkung von meiner Suche dient das Spielzeugboot aus Blech. Die seligen Zeiten, als Nelly noch ein Kleinkind war und Karl und ich jegliche Berufsarbeit aus dem Weg geräumt hatten! In das Boot stellten wir winzige Kerzen, die brennende Kerze diente dem Boot als Antrieb, um zügig über die Wasserfläche in der Badewanne zu gleiten. Auch Nellys Juchzer und Freudenschreie mögen ihm als Antrieb gedient haben, ebenso die Tränen, die wir lachten. Wir haben auf kleinstem Raum ein Museum zusammengetragen.

Ich finde einen tönernen Leguan mit offenem Maul und einem gezackten Drachenrücken. Sein Körper ist dunkelbraun im Fischgrätmuster bemalt, seine Beine zieren ochsenblutrote Streifen, er scheint aus meiner Hand davonrennen zu wollen. Sein Herkunftsland ist Mexiko. Mit Sicherheit habe ich ihn nicht mit Edda zusammen gekauft, denn sie hätte mich von seinem Erwerb abgehalten. Ihr Geld gab sie für nützlichere Dinge aus und nicht für derartigen Schnickschnack. Schon eher zugestimmt hätte sie dem Kauf eines Amuletts, das ich aus Peru mitgebracht habe. Edda verlor sich nicht in der Magie der Dinge. Aber: „Man kann ja nie wissen ... vielleicht ist doch etwas dran ...“

Sie ging davon aus, dass ihr viele Dinge in diesem Leben verschlossen blieben.

„Warum nicht Nutzen ziehen ... aus einem Glücksbringer ... oder einem Amulett ... schaden kann es auf jeden Fall nicht, oder ...?“

Das Amulett, ein Glasfläschchen, kühlt auf angenehme Weise die Innenfläche meiner Hand. Die Marktfrau in Ayacucho, die es mir verkaufte, schwor auf seine schützenden Eigenschaften. In Flüssigkeit eingelegt, luftdicht abgeschlossen, blickt mich ein holzgeschnitztes Püppchen an, das den Indiojungen der Ayacucho-Region gleicht. Es liegt inmitten von Gestein und Baumrinde. Eine rote Beere mit eingekerbtem Kreuz versehen, hat auf diese Weise das Aussehen eines Käfers. Kräuter, ein Muschelsplitter und Goldpartikel geben meinem Fläschchen ein äußerst geheimnisvolles Aussehen.

Das Ziel meiner Suche erreiche ich auf jeden Fall nicht, wenn ich weiter vor dem Regal in der Küche verharre. Schon fallen mir meine geliebten Inselbände in die Hände, die ich aus den Antiquariaten zusammengetragen habe.

„Ja, ja, wir wissen schon, warum du nicht im Ausland deine Ferien verbringst, hier gibt es genug zu tun für dich, genug zu stöbern ...“, kommentieren mich Nelly und Karl.

„Das kleine Buch der Tropenwunder in vielen Farben".

Die prachtvolle äußere Gestaltung des Büchleins wird innen von in den feinsten Farben kolorierten Stichen der Maria Sibylla Merian übertroffen.

Sie zeigt auf dem ersten Blatt den Granatapfel in seinen verschiedenen Entwicklungsstadien. Auf seinen gefüllten Blüten sitzt die Laternenträgerzikade. Oben im Bild einen Nachtwanderer mit seiner Larve, unten nochmals die Laternenträgerzikade und die Leiermannzikade.

Maria Sibyllas Opulenz der Namen und Farben speist sich nicht allein aus den exotischen Eindrücken, die sie in den Tropen während ihrer Surinamreise im Jahre 1701 sammeln konnte.

Schon während ihrer Studienzeit hat sie in der Fülle der Natur geschwelgt, wie mir die Einsicht in ihr Studienbuch gezeigt hat. Auf einer Blumenseite aufgeklappt, konnte ich in einer Ausstellung eine von Merian bearbeitete Nelke bewundern.

Nur ein Bild noch aus dem kleinen Buch der Tropenwunder, ich suche das schönste heraus: Banane, Blüten- und Fruchtstand.

Dieses Nebeneinander findet sich wirklich in der Natur, ist also tropisch-realistisch.

Maria Sibylla hat akribisch neben die Flora die passende Fauna gesetzt. Oben: Traumauge, Nachtfalter, Kokon mit

Puppe und Raupe; Brauntöne konkurrieren miteinander. Unten: Glasflügler, Tagschmetterling.

Am Ende haben sich diese Abschweifungen doch gelohnt. In dem monatelang vernachlässigten Sammelsurium der Kostbarkeiten findet sich der gesuchte Glücksbringer von Edda. Und unter den Kostbarkeiten ist die größte dieses Geschenk meiner Freundin.

Edda ist heute vor drei Jahren gestorben.

Der Glücksbringer bringt es fertig, aus dem Nichts aufzutauchen!

Das Kleinod birgt ein magisches Risiko, erklärte Edda.

Geht die Flasche kaputt oder wird ihr Stöpsel geöffnet und der Sand fließt heraus, ist ein großes Unglück zu erwarten.

Nelly ist im Augenblick auf einem Schüleraustausch und hat gestern in Padua eine Kirche besichtigt.

„Wir waren in der Kirche des Heiligen, der angerufen wird, wenn Dinge verlorengegangen sind. Ja, ich habe die sterblichen Überreste des heiligen Antonius gesehen, so nennen sie das Gerippe, das von ihm übrig ist. Mir wurde fast schlecht, so schauerlich fand ich seinen Anblick.

Ich sage fast, denn ich fand es auch cool, dass die Gläubigen seine Knochen aufbewahren, sie ausstellen, ja sogar zu den Knochen hinpilgern von weit her.

Weißt du Mama, ob sie die Knochen anbeten?

Sie wahren nur das Andenken an den Heiligen, sagst du?

Ich bin froh, dass wir damit nichts zu tun haben, Mama."

Auch ohne Anrufung des Heiligen halte ich meinen Glücksbringer endlich in der Hand: ein Fläschchen voll feinstem, hellem Sand. Doch da ist nicht nur der fast weiße Sand zu sehen. Eine geschickte Hand hat gefärbte Sandschichten so kunstvoll in das Fläschchen gestreut, dass ein Dorf in bunten Farben entstanden ist. Wenngleich auch nur ein Spielzeugdorf in der Gestaltungstechnik von Kleinkindern zu sehen ist, wirkt die minuziöse Darstellung beeindruckend. Eine Palme erinnert an die Heimat des Glücksbringers.

Edda hatte diese Reise nur widerwillig alleine gemacht. Wir hatten davor ausgedehnte Reisen durch Mexiko und Guatemala gemeinsam unternommen. Jetzt wollte sie mir mit dieser Reise zeigen, dass sie nicht auf mich angewiesen ist. Damals gab es wirklich nichts, was ich mir lieber hätte von ihr zeigen lassen.

Wozu könnte ich den Glücksbringer gebrauchen? Ich entscheide mich für ein Spiel. Er wird mir heute als Medium dienen in einer Übung mit dem Titel „Die gut organisierte Zukunftsreise".

Edda lässt mir zwar auch nach ihrem Ableben keine Ruhe, doch wie zu ihren Lebzeiten verfüge ich über Mittel und Wege, um mit ihr fertig zu werden:

Erinnerungen sind zu bearbeiten, aber auch Zukunftspläne zu schmieden. Denn ich habe eine Tochter von fünfzehn Jahren, einen liebenden Mann und nicht zuletzt mich selbst.

Für meine Reise in die Zukunft markiere ich meine Zeitlinie im Raum, in der Wohnstube unseres alten Hauses. Regen plätschert leise an die Fensterscheiben. Es ist schon lange dunkel.

„Vor zwanzig Jahren", auf ein Blatt notiert, lege ich in die entfernteste Zimmerecke.

Den Zeitpunkt des „Zielerfolgs" habe ich mit Eddas Glücksbringer markiert.

Im Vergangenheitsbereich stelle ich den Punkt für ein schönes Erlebnis sichtbar dar – nein, nicht mit der aus Weinrebenholz geschnitzten Puppe von Stevie. An ihn möchte ich beim Blick in die Zukunft auf keinen Fall erinnert werden.

Lassen wir die Vergangenheit ruhen, denn es geht um zukünftige Ziele, und dort habe ich schließlich Eddas Glücksbringer aufgepflanzt - doch Edda ist tot.

Ein schönes Ereignis in der Vergangenheit? Es hat mit Karl stattgefunden: Der Raum, der in meiner Phantasie wieder ersteht, ist von der Morgensonne erhellt. Ein leichter Wind zieht quer durch, er lässt die weißen Gardinen schweben. Ich höre Vogelgezwitscher, die matten Flugzeuggeräusche blende ich kurz entschlossen aus. Karl kommt soeben aus dem Bad.

„So einen frischen Mann hast du noch nie geschnuppert."

Da muss ich ihm Recht geben.

Hinzu kommt der köstlich aromatische Geruch des Kaffees, den er mir ans Bett bringt; ich spüre gleichzeitig mit dem Geruch den Geschmack auf meiner Zunge und im Mundraum.

Karls Körper, seine weiche, kühle Haut, sie ist immer noch zart wie die eines Babys, fühle ich an meiner Haut, seine Lippen auf meinen Lippen, meine Hände greifen nach seinem rauen Haar und ruhen aus auf seiner weichen Haut. Dieser Kontrast betört mich.

Eine Handvoll funkelnder Diamanten wäre angemessen, um die Stelle des „schönen Erlebnisses" zu markieren, steht mir jedoch leider nicht zur Verfügung, zu dieser späten Stunde schon gar nicht, zwölf Uhr nachts.

Der Regen hat nachgelassen.

Wie stellt sich die Gegenwart dar in meiner Imagination?

Die Gegenwart ist in sommerlich glitzerndes Tageslicht getaucht, das dem Landleben zu verdanken ist.

Wie stellen sich mir Tage und Zeitphasen im allgemeinen dar?

Ich nehme die zuletzt erlebten Wochentage heraus, Kalender über Kalender kommen mir in den Sinn. Ein schwarzer Drehkalender, der sich schon früher gerne närrisch aufführte, verweilt hartnäckig in meiner Vorstellung. Vater hatte ihn auf dem Schreibtisch seiner Firma stehen. Die Tage ließen sich mit dem „Klick" eines silbernen Griffes vorwärts schieben, was mir als Kind besonders viel Freude machte. Natürlich ließ sich die versehentlich nach vorne gerutschte Zeit per Klick auch wieder zurückdrehen, und alles war in bester Ordnung. Ähnlich umstandslos gehe ich in meinem Experiment mit Raum und Zeit um. Wie bei einem Computerprogramm (den klassischen Philosophen würden die Haare zu Berge stehen) rufe ich Vergangenheit, Gegenwart und Zukunft ab.

Ich gehe in Gedanken zum Mühlberg hoch, um das vertraute Panorama zu sehen, nämlich das pompös in der Landschaft ruhende Schloss. In diesem Augenblick verändert sich das trutzige Monument, das in seinen Konturen an Walt Disneys Schlösser erinnert, und verwandelt sich wie im Zeichentrickfilm in ein riesiges Buch.

Der Himmel öffnet sich großzügig und hervor tritt Edda, jugendlich und hübsch, in ihren besten Tagen, wie sie sich selbst immer gewünscht hat, gebräunt, gepflegt gelockt, goldene Kettchen um den Hals, um die Schilddrüsenoperation zu kaschieren, ihr schlecht gehütetes Mysterium; denn gleichgültig, ob die Leute interessiert waren oder nicht, plauderte sie ihr medizinisches Geheimnis wie jedes andere aus. Sie tritt in Nahaufnahme, nur Oberkörper und Gesicht sind zu sehen, hinter das Buch. Das Buch liegt nun in ihrer Hand, sie klappt es theatralisch auf.

Was sie mir zeigt, ist erstaunlich: Edouard Manets groß dimensioniertes Gemälde der nackten Schönen beim Frühstück im Walde. Die Schöne, die bin bei näherem Hinsehen ja ich! Edda schmunzelt leise, als habe sie bei der Präsentation den Daumen drauf. Die beiden Herren im schwarzen Anzug bleiben, die sie sind; ich komme im Bild erstaunlich gut mit ihnen zurecht, womöglich in Anspielung an meine früheren Omnipotenzgefühle.

„Nein", will mir Edda sagen, „es blieb ja nicht bei den Gefühlen, du hast die Gefühle auch mit viel Erfolg gelebt."

Sie blickt dabei frei, humorvoll und ohne Neid auf mich und nimmt mir nicht einmal übel, dass ich keine Lesbierin bin.

Das finde ich großzügig von ihr, habe ich doch immer mit ihrem offen ausgesprochenen Vorwurf zu kämpfen gehabt, keine bekennende Lesbe zu sein.

"Du bist nicht einmal ansatzweise homosexuell", pflegte Edda zu schimpfen.

Nun richtet sich meine Aufmerksamkeit auf das Ziel. Dort sehe ich mich, im Spätsommer mit meinem Buch „Glück, auf Teufel komm raus" in der Hand. Ich trage einen schwarzen Rock und ein weit ausgeschnittenes, ostergrünes T-Shirt und komme mit einfachen schwarzen Sandalen leichtfüßig den Berg herunter. Wer kommt mir in angeregter Stimmung entgegen? Im Triumphzug nähern sich Edda und andere Figuren aus meiner Erzählung, die mich liebevoll in ihre Arme schließen. Eine Menschenmenge von Freunden und Bekannten folgt ihnen und – was sehe ich jetzt? – eine blökende Schafherde, die die Menschengruppe, die mich ehrenvoll aufnehmen möchte, bald einholt.

In dieses Bild haben sich meine Zukunftswünsche zusammengefunden? Ich könnte schreien vor Lachen. Das ist also die großartige Reise, auf die mich Eddas Glücksbringer geschickt hat?

Auf den Tag genau starb ein Jahr vor Eddas Tod die sagenumwobene Prinzessin Diana, an deren Schönheit sich Edda gerne gemessen hätte.

Eddas Tod empfand ich als nicht weniger ominös als den Tod von Lady Di. Damals herrschten die gleichen sommerlichen Temperaturen wie am heutigen Tag. Ich machte mit Nelly und Karl bei großer Hitze einen der seltenen gemeinsamen Spaziergänge. Karl hat meist Wichtigeres vor und Nelly schlicht und ergreifend keine Lust. Wir hatten den Mühlberg bereits hinter uns gelassen und hielten Kurs auf das Schloss im Luftkurort, einem beliebtem Ausflugsziel, als uns der Schäfer mit seiner Herde begegnete:

„Was sagen Sie dazu?"

„Zu was?"

Karl pflegt einen vertrauten Umgangston mit fast allen Ortsansässigen. Der Schäfer hat es ihm besonders angetan, da ihm dessen Art, Lebensstil und Lebensgeschichte gefallen.

Zunächst klagte der Schäfer über die Missgunst seiner Mitbürger. Sie hatten dafür gesorgt, dass er einen palastähnlichen Marmorbau, eine überdimensionierte Gartenhütte wegen fehlender Baugenehmigung abreißen musste, was ihn für einige Monate erneut in Kontakt mit der Psychiatrie gebracht hatte. Der Grund für die Einweisung: Trauer um den Palazzo und die sinnlos vergeudete Arbeitszeit für dessen Erstellung. Zwischen seinem Wehgeschrei über die verlorene Pracht im jetzt verwaisten Garten, an die nur doch der Sockel des Schlösschens erinnere, stieß er das Ereignis hervor, von dem wir noch nicht wussten.

„Die englische Prinzessin ist mit dem Auto an einen Betonpfeiler geknallt und war sofort tot. War vielleicht ein bisschen beschwipst und ist zu schnell gefahren. Da frage ich mich: Was hat sie von all ihrem Geld gehabt? Nichts!"

Daraufhin setzt sich eine mediale Maschinerie in Gang. Im Autoradio: Lady Di. Gespräche mit Karl: über die Prinzessin. Aus einer Ferienlaune heraus ruft mein Bruder an, der durchschnittlich alle zwei Jahre zum Telefonhörer greift: „Hast du schon gehört, die Prinzessin? Ich dachte, ich informiere dich, weil ihr keinen Fernseher habt." Im Fernsehen bei Bekannten: die Prinzessin.

Traurig, aber wahr. Und doch war der Tod der Prinzessin für mich eine glatte Sache, denn ich hatte nichts mit ihr zu tun gehabt, war weder mit ihr befreundet noch verfeindet, noch hatte mich eine Hassliebe mit ihr verbunden. Auch hatte sie mich nicht mit ihrer Freundschaft verfolgt, hatte keine Ansprüche an meine Zeit gestellt, hatte nie versucht, sich in mein Leben zu drängen, wie Edda es vom Tag des ersten Kennenlernens an bis zu ihrem letzten Atemzug getan hatte.

Auch in unser Landhaus hatte sie sich eingeschlichen und nicht nur einmal. Sie bettelte und bat so lange im Namen unserer Freundschaft, im Namen ihrer Bedürftigkeit, im Namen ihres Bedürfnisses nach Ruhe und Erholung, dass ich ihr die Pforten unseres sorgsam gehüteten Kleinods, die sich nur für die wenigsten öffnen, nicht länger verschließen konnte. Zielsicher geißelte sie meinen Egoismus, mit dem ich mein Rückzugsdomizil verteidigte, gab telefonisch durch, wann der Zug ankommen werde.

Was war denn eigentlich so nervig an ihr, dass bei ihrem letzten Besuch sogar die Suppe sauer wurde? Kaum zu glauben aber wahr, ich hatte eine Hühnersuppe vorbereitet und aufgetischt, die in Eddas Gegenwart ungenießbar geworden war.

Ihr letzter Besuch hatte mich so ausgepowert, dass ich mir geschworen hatte, eine Sendepause einzulegen. Doch wenn der Kontakt abzubrechen drohte, konnte ich sicher sein, Edda würde alles daran setzen, den Urzustand herzustellen. Warum sie dies schaffte, ist nur aus den Anfängen unserer seltsamen Freundschaft heraus zu verstehen. Waren es die vielen Jahre, in denen wir die Luft derselben Stadt atmeten, war es der Job in der gleichen Werbeagentur, durch den sich eine Zeitlang unsere Wege kreuzten? Das Leben hat uns immer wieder zusammengeführt.

Beim letzten Besuch kam sie eigens aus Berlin angereist, um alte Freundschaften aufzufrischen. Ob die Sache mit Maria, wegen der sie nach Berlin übergesiedelt war, von Dauer sein würde, da war sie sich nicht sicher.

„Die Mühe muss ich mir schon machen, meine alten Kontakte zu pflegen. Das kostet mich jetzt vielleicht Zeit und Geld, aber sicher ziehe ich irgendeinen Nutzen daraus. Der viele Verkehr in Berlin geht mir auf die Nerven, die langen, weiten Wege auch. Wenn man mal jemanden besuchen möchte, muss das selbstverständlich telefonisch arrangiert werden. Vielleicht kehre ich zurück, da möchte ich nicht vor dem Nichts stehen. Am besten fange ich mal bei dir an mit der Kontaktpflege, habe ich mir gedacht, du hast doch sicher nichts dagegen. Ich bleibe auch nicht lange, höchstens ein Wöchelchen."

„Weiß Mary etwas von deinen Überlegungen?"

„Die ist so sehr mit sich selbst, mit ihrer krebskranken Mutter beschäftigt, die bekommt eh kaum etwas von mir mit, Alt-Berliner Göre. Am Wochenende und auch abends ist sie bei Muttern oder im Karnevalsverein oder bei den Kleingärtnern. Ich sehe schon, du lachst dich schlapp über ihre Aktivitäten, kleinkariert, wie sie sind. Aber so ist sie eben.

Mutter hat auch den Bruder in den Dienstplan eingeteilt. Der wohnt noch bei Muttern mit seinen 45 Jahren, Mary ist da weiter. Doch eigentlich lohnt sich die Ausgabe für die Miete nicht. Sie ist ununterbrochen entweder bei mir oder bei Mutti. Mutti kann mich natürlich nicht leiden, wie du dir denken kannst. Dabei sollte sie mir auf Knien danken, dass ich das ganze Theater mitmache."

„Möchtest du deshalb zurückkommen?", schaltete ich mich ein.

„Ja und nein. Denn dieses Arrangement hat auch seine Vorteile. Mary ist auf ihre Art sehr verbindlich und stellt keine Ansprüche. Ich kann in der Beziehung tun und lassen, was ich möchte."

„Was tust und lässt du denn so?", erkundigte ich mich.

Sie überlegte eine Weile, um dann weiter ihre Neuigkeiten hervorzusprudeln.

„Nun, wir liegen vor der Glotze; Mary erwartet kein großartiges Gespräch, wenn ich müde von der Arbeit komme. Andererseits liefert sie auch keine großartigen Redebeiträge, ist nicht anregend und will bei mir nur relaxen. Eine durch und durch neurotische Familienstruktur, in die ich da eingeheiratet habe."

„Das ist fast immer so", gab ich zu bedenken.

Ich war froh, Edda emotional untergebracht zu wissen. Selbstmordwünsche waren früher ein beliebtes Gesprächsthema gewesen, wenn auch das Motiv, mir Druck zu machen und Zuwendung zu erzwingen, nach meinem Gefühl bei seinen dramatischen Wendungen im Vordergrund standen.

„Im Bett läuft gar nichts mehr zwischen uns."

Solche schonungslosen Bekenntnisse war ich von Edda gewohnt und ging vorläufig nicht auf sie ein.

„Das macht mir auch nichts aus. Störender finde ich die fehlenden gemeinsamen Interessen. Mary würde nie ein Buch lesen. Sie kennt nur ihre Intensivstation, Mutti und den Karnevalsverein. Und wegen ihr bin ich nach Berlin gezogen! Am liebsten würde ich meine Siebensachen packen und zurück zu dir und den anderen kommen. Ach Laura, sag doch, dass ich kommen soll!"

Ich atmete angstvoll und schwer bei diesen Aussichten.

„Du hast in Berlin doch endlich eine Beschäftigung gefunden, die deinen Qualifikationen entspricht. Danach hast du jahrelang gesucht!"

„Du hast Recht, Laura, die Werbung hing mir zum Halse heraus. Außerdem haben sie mir wegen der Intrigen um Mary keine Aufträge mehr gegeben. Mit denen halte ich keinen Kontakt mehr, die blocken immer ab, wenn ich von mir hören lasse." Um ihre Kontaktpflege erfolgreich zu gestalten, war Edda jedes Mittel Recht; sie schreckte nicht einmal davor zurück, sich Nellys zu bedienen.

„Du sagst, du hältst mit INXS keinen Kontakt mehr. Du bist aber zusammen mit Nelly hingegangen, hast Nelly in die Firma geschleppt."

„Ich wollte die geschäftlichen Kontakte auffrischen. Nelly war rein zufällig dabei, weil ich ihr in der Gegend eine Schallplatte von ‚TicTacToe' gekauft hatte, als kleinen Dank für den Aufenthalt hier bei euch. Du bekommst das Buch ‚Ich atme mit dem Herzen' von Tamaro."

„Du hast Nelly vorgeführt, um den Leuten von der Werbung anzudeuten, schaut her, was ich für einen guten Draht zu Laura habe und wie kinderlieb ich bin. Mit der CD hast du Nelly nur geködert."

Eddas Gesicht hatte sich vor Wut bereits verzerrt, sie schimpfte lauthals:

„Verleumden lasse ich mich nicht, von dir schon gar nicht, was bildest du dir ein? Ich bin froh, dass ich heute Mittag abfahre."

„Auch ich bin froh." Wie ich es hasste, von ihr in diese Auseinandersetzung gezwungen zu werden! Wie ich es hasste, gezwungen zu werden, Gefühle so unverblümt auszudrücken!

„Du erlaubst dir Dinge, die sich niemand erlauben würde. Du respektierst andere Menschen einfach nicht. Du kennst keine Grenzen", polterte ich weiter.

„Jetzt spinnst du doch völlig. Ich und keine Grenzen berücksichtigen. Ich haue dir gleich eine rein!"

„Wie kommst du dazu, den Mitarbeitern von INXS von meiner neuen Tätigkeit zu erzählen? Ich hätte ihnen das gerne selbst erzählt", nahm ich Edda ins Gebet. „Und zwar meine eigene Version davon."

Damals hatte ich gerade von meiner Einstellung im Institut für Völkerkunde erfahren, eine feine Sache zweifellos. Für INXS hatte ich mit großem Vergnügen gearbeitet, wollte mich aber trotz ihrer lukrativen Angebote nur nebenbei mit Werbung beschäftigen. Mein Hauptinteresse galt und gilt der Ethnologie. Bei INXS hatte ich viel gelernt, vor allem einen selbstverständlichen, gelösten und auf gemeinsame Ziele gerichteten Umgang mit Kolleginnen und Kollegen. Da ich dieser Firma so viel verdankte, wünschte ich, dass sie die Information über meine berufliche Veränderung von mir bekämen und nicht von der vermaledeiten Edda. Ihre Indiskretion konnte natürlich ihr ruiniertes Ansehen bei der Firma nicht wiederherstellen, verdarb aber meine Karten bei INXS. INXS sieht mich auch posthum in engem Zusammenhang mit Edda und kann mir die Verbindung zu ihr nicht verzeihen. So klug hatte sie ihren buchstäblich letzten Auftritt, bei dem sie die minderjährige Nelly zur Assistentin gewählt hatte, eingefädelt.

Nach dieser Erfahrung – eine Woche lang war ich auf ihre Sorgen und Nöte eingegangen, hatte sie bekocht und mir ihre Eigenarten gefallen lassen – war ich auf Funkstille aus, bis mich schließlich nach einiger Zeit ein äußerst nachdrücklicher Anruf erreichte.

„Du kümmerst dich gar nicht mehr um mich!"

„???"

„Hast wohl Besseres zu tun?"

„???"

„Hörst du überhaupt zu? Bist du am Apparat?"

„Das bin ich. Was gibt es denn?"

„Du, mir geht es hundeelend. Allerdings war ich gestern Abend noch auf einer Party und habe intensiv mit einer jungen Frau geflirtet. Ich bin gut bei ihr angekommen. Mary ist das egal, hat sie gesagt. Zwischen uns ändert sich nichts, auch wenn ich anderweitig herumbumse, das hat sie ausdrücklich betont."

„Das freut mich für dich", erlaubte ich mir einzuwerfen.

„Du mit deiner berühmten sarkastischen Art. Aber im Ernst: Ich habe Blutwerte, doppelt so schlecht wie der schlimmste Alkoholiker und wahnsinnige Schmerzen. Ich gehe gleich ins Krankenhaus, Mary bringt mich hin!"

Ich fing an, mir Sorgen zu machen.

„Rufe mich gleich an, wenn du Näheres weißt."

„Gut, wird gemacht. Ich möchte, dass du folgendes weißt: Wenn ich sterbe, wenn es Krebs ist, bekommst du meine Tagebücher. Du sollst sie entweder herausgeben oder etwas daraus machen, da hast du völlig freie Hand. Konzentriere dich auf meine Menschwerdung als Lesbe. Diese Jahre waren für mich die wichtigsten."

„Ach du, immer mit deinem Krebs! Wie oft hast du das schon angedroht. Ich will deine Tagebücher nicht. Mach dich doch selbst an die Arbeit."

„Du blöde Zicke, ich muss jetzt los. Wir bleiben immer zusammen, nicht wahr? Du bist die einzige, die mich wirklich versteht. Die mir auch unangenehme Wahrheiten sagt."

„Ja."

„Besuchst du mich im Krankenhaus?"

„Ja, das tue ich."

„Ich liebe dich, Laura."

„Ach Edda, ich liebe dich auch."

Wenige Tage später kommt Marys Anruf. Die Diagnose lautet Bauchspeicheldrüsenkrebs. Edda hat nur noch wenige Wochen zu leben.

Eddas Todestag jährt sich heute zum dritten Mal. Das sind jetzt drei Jahre, in denen ich mich mit ihrer Abwesenheit auseinandersetzen konnte. Wenn ich ehrlich bin, ist sie mir präsenter denn je. Meine Distanzierungsversuche zu ihren Lebzeiten waren erfolgreicher: So gingen wir zeitweise getrennte Wege, bis Edda sie auf ihre unvergleichliche Art wieder zusammenführte. Sie besaß für diesen Zweck den geeigneten Kompass.

Fatalerweise wiederholte sich in ihren Liebschaften ein bestimmtes Schema. Nach der ersten Verliebtheit schwenkte die jeweils andere Frau zum Pragmatismus hinüber, der oft an materielle Ausbeutung grenzte. Edda war in dieser Konstellation das arme Opfer. Sie hätte ihr letztes Hemd für die Geliebte gegeben, hätte sie sich etwas Loyalität der Geliebten sicher sein können. Nie hatte Edda Glück, bis Mary auf der Bildfläche erschien.

Edda hatte die Fähigkeit, mit kaltem Blick auf sich selbst zu schauen. Kompromisslos sah sie ihr Kardinalsproblem, kein Vertrauen in anderen Menschen aufbauen zu können. Sie ahnte natürlich, dass ihr das Urvertrauen, jene emotionale

31

Sicherheit, die das glückliche Kind mit der Muttermilch einsaugt, fehlte und rannte ihm hinterher, ohne es je zu finden, selbst bei mir nicht, trotz ihrer gegenteiligen Beteuerungen.

„Du bist meine Zauberin, du verzauberst mein Leben. Ich bin deine Prinzessin und streue hell glänzenden, aber auch düsteren Flitter in dein Leben." – In dieses Bild war Edda verliebt und glaubte daran.

Mir dagegen bereitete ihr Versuch, mich mehr und mehr an sie zu ziehen, Unbehagen und Kopfschmerzen.

„Das macht sie mit allen so", tröstete mich eine junge Kollegin von INXS. „Und alle nehmen nach und nach Reißaus. Alle, außer dir, denn dir gelingt es, Edda auf Distanz zu halten. Und das ist doch Eddas Lebensdrama. Diejenigen, die sie näher kennen, ergreifen die Flucht; ihnen geht ihre besitzergreifende Art auf die Nerven; sie fühlen sich existenziell bedroht. Sie möchte die Menschen besitzen, vielleicht auch beherrschen, da bin ich mir nicht ganz sicher. Und davor haben alle, die mit ihr in engeren Kontakt treten, eine panische Angst. Edda lädt sie zum Abendessen ein, du kennst ja Edda, und manche steigen schon vor diesem Initiationsritual aus. Und dabei hat Edda so viel zu bieten. Das ist ja das Tragische. Sie ist so intensiv, hat über vieles nachgedacht und kann ihre Gedanken klar und überzeugend ausdrücken."

Bei so viel Bewunderung hatte ich im Spaß der Kollegin vorgeschlagen, einen Edda-Fan-Club zu gründen, auch um ihre distanzlose Art in den Griff zu bekommen.

Eddas vordergründig unkompliziertes Wesen führte häufig zu ebenso reibungslosen Annäherungen an andere Menschen. Schnell waren Freundschaften geschlossen und in rasantem Tempo drang sie in Lebensgeschichten ein, eine perforative Strategie, die sie zur Kunstform erhob und perfektionierte. Davon habe ich profitiert.

Ich bin sehr gerne allein, was die Gefahr der Isolierung in sich birgt. Edda respektierte meinen Wunsch nach Zurückgezogenheit so lange, bis ihr Tatendrang durchbrach.

Obwohl mir die wirksamen Kommunikationsmethoden der Werbung und Marktforschung vertraut sind, belebe ich meinen Freundeskreis kaum mit neuen Aktivitäten. Mir fehlt eben Edda, ich gebe es zu, die blitzschnell zu vergnüglichen Inszenierungen in der Lage war. Jetzt, da sie nicht mehr lebt, ist wieder Ruhe eingekehrt. Das unterhaltsame Szenario ist einer meditativen Grundstimmung gewichen, denn mein Berufsleben am Institut für Völkerkunde ist alles andere als beschaulich.

Mein Bedürfnis nach Ruhe und Zurückgezogenheit ist ambivalent und widersprüchlich, denn die von Edda geschaffenen Freundschaftstupfer empfand ich als erfrischend und als außerordentlich belebend. Der Schwung, den ich aus ihnen zog, hallte lange nach und störte meine innere Harmonie nicht im geringsten.

Heute dagegen, ohne Edda als Zugpferd, muss ich mich zwingen, meine Freundschaften aufrecht zu erhalten, denn ein wenig Sinn muss doch außerhalb von mir selbst, meiner Familie, Behausung, Landschaft, Natur in den Menschen zu finden sein, zu denen ich meine Fühler ausgestreckt habe.

Ich zwinge mich also, zu einigen Personen Kontakt aufzunehmen.

Edda hätte gelacht und mir anerkennend auf die Schultern geklopft:

„Laura im Geschichtsprozess ihrer Freundschaften. Laura auf der Suche nach der Substanz des Lebens. Laura als Zoon politikon versus Laura als Einsiedlerin!"

So sprang sie mit mir um - „zu meinem eigenen Besten", wie sie sagte.

Der Erfolg meiner Bemühungen ist sofort sichtbar geworden, ich treffe mich nämlich heute Abend mit Rosa im Schlosspark unseres Luftkurorts. Zur Abwechslung ohne unsere Männer, die sonst immer dabei sind.

Heute Morgen kam Sabi, meine Nachbarin vorbei. Ich sprach von Eddas Todestag.

„Erinnere mich bloß nicht an dieses Miststück, ich trauere ihr keine Träne nach", war ihr unmissverständlicher Kommentar.

Edda hatte ihre Fäden hin zu meiner Nachbarin Sabi gesponnen, zu der ich mit Mühe die freundschaftlichen Bande webe. Sie tat dies wie eine Spinne, die systematisch ihr Netz flicht. Einmal gefangen, gibt es kein Entkommen.

Da Edda herausgefunden hatte, dass Sabi gut Haare schneiden kann, fragte sie sich, warum sie sich nicht ihrer bedienen und sie für unsere Zwecke einspannen sollte?

Vordergründig bat sie Sabi unter dem Stichwort „nachbarschaftliche Kontaktpflege" zu einem Treffen in unseren Terrassengarten – und begann betont ungeschickt meine Haare zu schneiden, die es eigentlich nicht nötig hatten. Sabi konnte die Tortur nicht länger mit ansehen. Sie nahm ihr bald die Schere aus der Hand und holte sogar ihre Friseurschere von Zuhause. Es sind ja nur ein paar Schritte. Bald war sie dabei, mein Schnitt hatte ja im Nu den letzten

Schliff, Eddas dünne Haare nach deren Anweisungen zu bearbeiten.

„Sei vorsichtig, da kann man viel verkehrt machen, das sage ich meinem Friseur auch immer."

Die Fülle der Arbeitsanweisungen verriet schließlich Edda und ihr Kalkül.

„Habt ihr mich zum Haareschneiden herbestellt? Habt ihr mich deshalb eingeladen?", fragte Sabi ungehalten.

Mir war die Frage ausgesprochen peinlich, war ich doch wieder einmal in Eddas Machenschaften hineingeraten.

„Warum nicht die Fähigkeiten von Freunden nutzen?", rechtfertigte sich Edda.

Andererseits hatte sie Verständnis für Sabis Unmut und versuchte die Situation zu retten.

„Ich kaufe Kuchen für uns alle. Sabi, du darfst aussuchen, was du haben möchtest."

„Oh, wie großzügig. Ich esse nicht besonders gerne Kuchen. Du kannst alles mitbringen, außer Schwarzwälder Kirschtorte, die mag ich überhaupt nicht."

Bei der Erwähnung von „Schwarzwälder Kirschtorte" lief Edda sichtlich das Wasser im Munde zusammen. Sie kam zurück mit einem Tablett voll Schwarzwälder Kirschtorte.

„Dann mache ich mich mal auf den Weg", sagte Sabi wütend und packte ihre Friseurschere und andere Utensilien zum Haareschneiden ein, denn sie arbeitet fast professionell.

Bei ihrem Umzug nach Berlin war Edda außerordentlich planvoll vorgegangen. Sie hatte alle ihre Bekannten zur Mithilfe aufgerufen, deren Stundenkontingente notiert und sie entsprechend eingeteilt. Die an Jahren sehr jungen Werbemiezen, die insofern in ihrer Schuld standen, als sie von ihr eine Menge Aufträge erhalten hatten, mussten besonders hart ran.

Edda schreckte in Abhängigkeitsverhältnissen nicht vor kleinen Erpressungsversuchen zurück, so dass sie den Mädchen signalisierte, wie schnell sie einen Ruf in der Werbung mit ein paar geschickt lancierten Äußerungen für immer und ewig ruinieren könne - denn keiner arbeitet in dieser Branche absolut korrekt, da wird hier ein wenig an Meinungsäußerungen manipuliert und dort ein wenig an Produktinterviews geschönt.

Wir arbeiteten nach einem exakten Zeitplan, wie uns während des Umzugs nach und nach klar wurde. Hinzu kam – im Organisieren von Sachzwängen leistete Edda wirklich Außerordentliches -, dass niemand das System boykottieren konnte, da sonst die äußerst knapp kalkulierte Zeitplanung des Umzugs wie ein Kartenhaus in sich zusammengefallen wäre.

Sie setzte diesen Stressfaktor bewusst ein, sodass das größte Risiko in ihrem zu befürchtenden Nervenzusammenbruch bestand, der sichtlich kurz bevorstand.

Es konnte niemandem daran gelegen sein, darüber verständigte sich das informelle Umzugsteam, Edda und ihre angegriffenen Nerven auf unbestimmte Zeit betreuen zu müssen, jetzt, da ihre Übersiedlung nach Berlin unmittelbar bevorstand und damit die Lösung aller Probleme mit Edda.

Meine Recherchen über die Glücksuche der Ibaro-Shuar-Indianer sind – so hoffe ich – verdienstvoll. Von unseren heimischen Verhaltensweisen und Lebenszielen sind sie jedoch weit entfernt. Die Shuar-Indianer streben in ihrer Glücksuche eine Verbindung von unmittelbarer Bedürfnisbefriedigung und kosmischer Einheit an, der sie in der Großfamilie im tropischen Regenwald des ecuadorianischen Amazonasgebietes sehr nahe kommen.

In unserem Kulturkreis stellt sich dagegen die Frage nach dem Geheimnis des individuellen Glücks, realisiert in der sogenannten Liebe, in der Freude am Leben - wie immer ich es nennen mag; selten verstanden als soziales Glück im Sinne von beruflichem Erfolg. Gibt es im Zustand des Glücklichseins nicht Elemente, die den Angehörigen verschiedener Ethnien gemeinsam sind, die man auseinander nehmen, isolieren, benennen und begreifen kann?

Selbst wenn Liebe und Lust wie eine Wolke sind, vergänglich, flüchtig, unmerklichen Veränderungen durch Wind und Wetter unterworfen, die sie in Hass und Wut verwandeln, müsste aus einer derartigen Studie ein neutraler Kern an

Information herauszuarbeiten sein, die uns nützen könnte. Wofür? Für neue Verhaltensstrategien und für die Entwicklung einer neuen Gefühlskultur.

Glücklich machte mich letzte Nacht mein Abgleiten in den Schlaf. Der Abend mit Rosa war schön gewesen, wir hatten unsere Freundschaft erneuert, doch einschlafen konnte ich nicht. Rosa hatte ohne Unterbrechung auf mich eingesprochen und ich auf sie.

Der Abend hallte nach. Ihr Sohn Michi hatte sich mit seinen fünfzehn Jahren maßlos betrunken und einen Eimer Sangria auf einer sogenannten Beachparty des lokalen Schwimmbads heruntergestürzt. Er kam ihr auf allen Vieren aus dem Gewimmel der Menschen entgegengekrochen, als sie ihn abholte.

Zuhause wartete der zweijährige Moritz, umständehalber unbeaufsichtigt, auf seine Mutter. Ihr Mann war auf einer Vorstandssitzung des Grafiker-Vereins, während Jonas und Ellen zum Zelten waren. Eigentlich wollten sie im Familienkreis froh vereint beim Straßenfest im Dorf sitzen, aber es kam anders, als ursprünglich geplant.

Sie schaffte den dauernd stürzenden Michi ins Haus, um ihn auf dem schnellsten Weg ins Bett zu bringen. Dort übergab er sich zwölfmal, und zwar nicht in den vorgehaltenen Eimer, den er sich mitsamt Inhalt über den Kopf schüttete, sondern wild ins Bett.

„Eine elende Sauerei", umschrieb Rosa das Ereignis.

Jonas' letztes adoleszentes Besäufnis war friedlicher abgelaufen, da weniger exzessiv. Beim Zusammensitzen zum Bier hatte er die Wirkung des Biers unterschätzt und war schwankend nach Hause zurückgekehrt, sich hundert Mal entschuldigend mit dem Hinweis:

„Es soll nicht wieder vorkommen."

Im Grunde handelte es sich um zwei harmlose Geschichten aus Rosas Leben, die neben idyllischen Berichten vom häuslichen Herd mehr als Soap-Operas zu bieten hat. Sexuelle Übergriffe von Vätern auf ihre eigenen Kinder sind im ländlichen Umfeld ihrer Freundinnen keine Seltenheit.

Familienepischer Stoff ist Gift für mich, wenn ich einschlafen möchte. Also setzte ich Michi und Jonas samt Mutter in einen Fesselballon und ließ ihn von einem Vulkankegel in eine Dämmerlandschaft aufsteigen. Sie winkten mir begeistert und sprachlos zu, konzentriert auf den dahingleitenden Ballon. Gute Nacht.

Doch es gab noch andere Zeitgenossen, die meine Einschlaflandschaft bevölkerten. Kein Wunder, da war Edda, die sich gerne um diese Zeit einstellt, leicht gruselig anzusehen. Sie lehnte bereits, stumm auf mich wartend, an einer Fessel des Ballons.

Ich trat näher und musste eine im Grunde grausige Feststellung machen, die mich aber im seltsamen und einzigartigen

Zustand vor dem Einschlafen unerklärlicherweise amüsierte.

Durch ihre Ähnlichkeit mit italienischen Reliquien, den Schrumpfköpfen der Shuar-Indianer oder den ägyptischen Mumien erinnerte Edda jetzt an einen Wechselbalg. Ihre Haut war zu Leder getrocknet, was schon zu Lebzeiten tendenziell der Fall war, weil sie sich zu ausgiebig der Sonne ausgesetzt hatte, der Schönheit wegen. An ihr war alles steif und tot, nur die Augen waren lebendig und flackerten wie zwei glimmende Brikettstückchen, sozusagen auf Augenmaß heruntergebrannt. Sie trug einen Korporalshut napoleonischen Zuschnitts. Über einem vergilbten beigen Rüschenhemd prangte ein Lederhalfter, von den Schultern ausgehend diagonal über den Oberkörper gespannt. Ich schaute genauer hin und stellte fest, dass das Halfter dort endete, wo ich eine Waffe vermutete; nämlich in einem Köcher, in dem die Munition versteckt war.

Auch ihre Wildlederhosen hatten schon bessere Tage gesehen; vereinzelt hingen Erdklumpen von den verstaubten Hosenbeinen.

„Die Erdklumpen hätte sie doch wenigstens abklopfen können", sagte ich mir, denn Edda hatte stets sehr auf ihr äußeres Erscheinungsbild gehalten und war stolz auf die Ton-in-Ton-Zusammenstellungen ihrer Kleidung, auf die sie nie versäumte hinzuweisen. Man wird sich fragen, ob angesichts dieser Fülle an inneren Bildern überhaupt an

Einschlafen zu denken war. Tatsächlich schickte ich Edda und nicht wenige andere Nachtgestalten - Kolleginnen und Kollegen aus dem Institut für Völkerkunde, meine Familie, Mutter - auf die nächtliche Reise im Fesselballon mit dem beruhigenden Hinweis, morgen sehen wir uns ja wieder, morgen ist auch noch ein Tag.

In der Vorstellung stellte ich am Waldesrand in der Dämmerung ein riesiges Himmelbett in zarten Gelb- und Weißtönen auf, in dem Karl und ich das Geschehen am Himmel beobachteten, einige Ballons sogar mit Grußbanderolen an Karl und mich versehen, andere mit thematischen Spruchbändern wie „Ibaro-Shuar", „Viva Amazonas" geschmückt. In dem Augenblick, als Nebel um unser Bett aufstiegen, fiel ich in einen flockigen, weichen Schlaf.

Mit Eddas drittem Todestag breche ich ein neues kostbares Päckchen Zeit an. Die Zeit der unmittelbaren Trauer ist vorbei; Einsicht in die unumstößliche Endgültigkeit ihres Weggangs setzt sich durch. Von der Zukunft erhoffe ich, mich von Eddas sanftem Druck („Hier bin ich, beschäftige dich mit mir!"), den sie nach wie vor auf mich ausübt, befreien zu können, indem ich meine Erfahrungen mit ihr durchgehe. Edda versuchte von Anfang an, Zeit zu schinden, Zeit, die ich ihr widmen sollte und niemand anderem.

Seit ich am Institut für Völkerkunde arbeite, bin ich während des Semesters äußerst stark in Termine eingebunden. Meinem alten Freund Fritz Ackermann hatte ich einen Brief gesandt, der ihn mit Besorgnis erfüllte, wie er in seinem Antwortbrief gestand.

„Herzlichen Dank für Ihre Zeilen. Auch an der alten Blumenkarte hatten wir Spaß. Wie schön war es, von Ihnen zu hören, wenngleich ich das Gefühl nicht loswerde, unter Ihren Worten läge eine Traurigkeit, eine Müdigkeit, jedenfalls irgendein Ungleichgewicht. Vielleicht, ich hoffe es, ist's ja nur die Abgespanntheit am Ende des Sommersemesters.

Natürlich würden wir uns über einen Besuch – zu dritt, zu zweit, allein – freuen! Unsere Ausstellung, zu der wir Sie eingeladen hatten, läuft übrigens noch die ganze nächste Woche –, da sieht's auch mit unserer Erreichbarkeit gut aus."

Ackermanns besitzen einen wunderbaren Blumengarten, zu dem es mich hinzieht, von den alten Leutchen einmal abgesehen. Ackermanns Vater war Direktor des Alameda-Parks, Sektion Blumen und tropische Pflanzen, in Mexiko-Stadt. Von ihm hat Fritz, der den Garten angelegt hat, das Händchen und die Freude an üppiger Vegetation.

Als Ackermanns noch in der Hauptstadt Mexikos wohnten, hatten Edda und ich sie einmal besucht. Edda freute sich vor allen Dingen über die kostenlose Unterkunft, konnte aber auch Gesprächen mit Fritz und Ursula einiges abgewinnen. Ackermanns hielten Edda übrigens damals für drogenverdächtig; sie hätten geschworen, ihre unruhige Art, ihr unausgeglichenes, auffahrendes Wesen sei auf Drogenkonsum zurück zu führen.

Sie hatten Deutschland in den dreißiger Jahren den Rücken gekehrt, da ihnen die Nationalsozialisten und ihre Politik missfielen und Fritz als Doktor der Chemie keine Arbeit finden konnte. Auf dem amerikanischen Kontinent stellte sich schnell der berufliche Erfolg ein. Fritz wurde zum Eigentümer einer Chemiefabrik, und als ich ihn in Mexiko

46

kennen lernte, sprach er stolz von seinem Lebenswerk. Er hat den Mexikanern Gebrauchsgegenstände aus Plastik beschert.

„Ein Segen für die Menschheit", daran hält Fritz nach wie vor fest, auch wenn er einräumen muss, dass die Slumgebiete der Hauptstadt zusätzlich zu Schmutz, Krankheit und Elend von ausgedienten oder kaputten Plastikgegenständen überzogen sind.

Ackermanns leben inzwischen in meiner Nähe, sodass wir unsere Freundschaft nicht über den Ozean hinweg pflegen müssen. Fritz konnte stets in meiner Seele lesen. Seine väterliche Zuwendung machte Edda eifersüchtig, und sie war froh, als sich unser Aufenthalt bei Ackermanns dem Ende zuneigte und ich die Wälder der Lacandonen anzielte.

Edda konnte in Männern nie etwas anderes sehen als Ekel erregende Monster mit Schwabbelbäuchen. Diese Einschätzung erstreckte sie ohne jede Ausnahme auf alle Exemplare ihrer Gattung. Sogar den superschlanken Fritz Ackermann schimpfte sie einen „geilen Bock", als er mir in aller Bescheidenheit seine Liebeserklärung machte. Bescheiden waren die Art, in der er sie äußerte, und die Aussicht auf Erfolglosigkeit, die er mit ihr verband.

„Laura, ich möchte, dass Sie wissen ... es ist eine der größten Freuden in meinem Leben, Sie in meinem Haus zu haben, und sei es nur für ein paar Tage. Nehmen Sie dies als Erklärung eines alten Mannes, der die Welt gesehen hat .... Ich würde alles für Sie tun und werde alles tun, was Sie jemals von mir erbitten ..."

Fritz drückte mir einen Kuss auf die Lippen, den ich erwiderte. Erbeten habe ich nichts, doch auch die mir von Ursulas Seite entgegengebrachte Freundschaft und Wärme tun mir gut.

Die Traurigkeit, von der Fritz spricht, mag dem engen zeitlichen Korsett geschuldet sein, das mir den Atem nimmt. Die Beschäftigung mit Edda erlebe ich derzeit nicht als das große Glück, baue aber auf ihre reinigende Wirkung. Es tut mir immer noch weh, dass Edda nicht mehr lebt, und ich frage mich häufig, warum musste gerade sie gehen, die sich mit Händen und Füßen gegen das Sterben wehrte.

Andererseits bleiben ihr die kleinen und großen Demütigungen des Älterwerdens erspart. Ihren körperlichen Verfall hatte Edda innerhalb von acht Wochen, dem Zeitpunkt des Erkennens ihrer Krankheit bis zum Tod, hinnehmen müssen, ein kaum vorstellbar hartes Los.

Einen Vorgeschmack darauf hatte Edda bereits durch einen Autounfall bekommen. Bei Nebel hatte sie leicht alkoholisiert einen Zusammenstoß verursacht, von dem ihre Beifahrerin einen Beckenbruch davongetragen hatte, während Eddas Gesicht zutiefst verunstaltet war. Der Strom der Besucherinnen im Krankenhaus riss nicht ab und konnte weder von Edda noch vom Krankenhauspersonal gestoppt werden. Niemand bekam die Sensationsgier der großstädtischen Lesbenszene in den Griff, bis Edda schließlich vorzeitig nach Hause ging und ihr zermartertes Gesicht in den heimischen vier Wänden zu verbergen und zu kurieren suchte.

Da sie zeitlebens immer außerordentlich eitel gewesen war, verursachte der Unfall einen herben Einschnitt. Die Narben blieben im Gesicht, das einen brutalen und verzerrten Ausdruck annahm, der mit der Zeit nachließ.

Edda fand nämlich mit einem Mal Freude am Leben und verstand die „Rettung" als Verheißung. Sie trank kaum mehr Alkohol und lebte einige Zeitlang sehr gesund bis sie wieder anfing, „was in der Produktwerbung so verköstigt wird" (Originalton Edda) zu ihrer Ernährungsgrundlage zu machen. In ihrem Kühlschrank war in der Regel ein Sortiment an Büchsensuppen, Fertiggerichten und den Testprodukten der Süßwarenfirmen zu finden.

Was wir jetzt, mehr oder weniger stark ausgeprägt im Freundinnen-Club erleben, liebe Edda, hätte dir wohl kaum gefallen. Du bist natürlich Ehrenmitglied und es vergeht kein Treffen, da wir nicht von dir sprechen. Angefangen bei der Haut, die an Armen und Beinen nicht mehr so weich ist, wie wir das gewohnt waren, setzt bei mir eine, wie ich vermute, altersbedingte Sentimentalität ein. Sie ist als solche nicht

nicht schlimm, sondern erhebend, wie dir das folgende Beispiel zeigen wird. Schlimm ist lediglich, dass sich die Sentimentalität in einem Maß verselbstständigt, dass ich sie nicht mehr steuern kann.

Du kennst die ländliche Residenz, in der im Sommer Konzerte stattfinden. Karl interessiert sich leider nicht für Musik. Ich gehe deshalb alleine ins Konzert. Samstagabend sitze ich also bei Einfallen der Dämmerung im Schlosshof, in dem noch die Wärme des Sommertages steht. Die versammelten Menschen produzieren eine summende Grundstimmung freudiger Erwartung.

Orchester und Dirigent ziehen ein; verhaltener Applaus erklingt. (Mittlerweile störe ich mich nicht mehr an der konservativen Kleidung der Musiker, die mich jahrelang dem Konzertbesuch fern gehalten hat.) Hindemiths Stücke für Streicher, die Wärme des Sommerabends, die milde Luft und der gnädige, wolkenlose Himmel tun ein übriges, ich weine vor Glück und lasse mich in der Woge des Violinenspiels treiben.

Ein mir bereits bekanntes musikalisches Glücksgefühl ruft das bewährte Mozart'sche Flötenkonzert D-Dur, Köchelverzeichnis 314 hervor, das der Flötist graziös, wenn auch ein klein wenig affektiert darbietet, indem er seinen eigenen Körper als Resonanzboden einsetzt. Als die beiden Flötisten schließlich den „Papageno" als Zugabe intonieren, kennt meine Rührung keine Grenzen. Dass ich das erleben darf! Ein Dank an meine Ohren und an mein Gefühl. Nicht ganz so wichtig sind die Augen, um das Zusammenspiel des gut aussehenden Flötisten mit der rundlichen Flötistin zu betrachten. An der Momentaufnahme wirken mit: Musik, Renaissance, Schlosshof, Abenddämmerung, Abendrot, ein goldener Barockengel mit flatternder Banderole an der Kirchturmspitze, Schlossgarten, die uralten Blutbuchen, die laue Nachtluft.

„Das hört sich doch nicht schlecht an", wirst du mir sagen, falls du überhaupt zugehört hast.

Nun, es bleibt dir nichts anderes übrig, als schweigend meine Ausführungen über die kleinen sichtbaren und unsichtbaren Alterserscheinungen von uns Fünfzigjährigen über dich ergehen lassen; da staunst du, was?

Da das Sommergewitter nachgelassen hat, gehe ich in den Terrassengarten, den du so gerne gemocht hast. Was dir erspart bleibt, liebe Edda, ist die Konfrontation mit der Einsamkeit, mit den Auswirkungen eines Jahrzehnte lang gepflegten Individualismus. Oder handelt es sich um Egoismus? Darüber könnten wir jetzt stundenlang diskutieren. Die Paare in unserer Altersgruppe sind gegenüber den vielen Singles nicht unbedingt im Vorteil, das lass dir gesagt sein. Therapeuten und Psychiater sind als Helfer durchaus willkommen.

So hatte Lilly vor etwa zwei Jahren sensationell abgenommen, mindestens dreißig Kilo. Jetzt kann ich ja mit dir darüber sprechen, da ich mir deiner Diskretion sicher sein kann. Für Lillys Gewaltkur gab es zwei Motive, wenn nicht drei: das gesunde Leben, gut und schön, Trennkost, einverstanden, Vollwertkost statt ihrer geliebten Fleischwurst, Wasser statt Bier und Wein.

Neben dem gesunden Leben stand der Kontakt mit einer Ärztin im Vordergrund, die Emma wegen Schlafstörungen konsultierte und um die sie im Reich der Phantasie einen unvergleichlichen Liebeskult schuf. Auslöser für die vielfältigsten Aktivitäten, zu denen ich auch die Abnehmkampagne zähle, Schönsein für die begehrte Ärztin, war ein Kompliment an Lilly, das die Dame offenbar unbefangen dahingesagt hatte.

Lilly antwortete mit einer Einladung zum Abendessen, in dessen Verlauf die Ärztin aus ihren heterosexuellen Neigungen keinen Hehl machte. Sie lebe mit einem Mann zusammen, gab sie deutlich zu verstehen. Lilly glaubte trotzdem herauszuhören, dass die Ärztin sich nach schönen und intelligenten Lesben verzehre. Ins Nichts liefen weitere auf den Sandbänken der Phantasie tobende Liebesstürme von Lilly, und so lebt sie weiter in ihrem Wolkenkuckucksheim, hat gewaltig zugenommen und ist ihrem ursprünglichen Gewicht wieder nahe.

Dank der Semesterferien führe ich im Augenblick ein Leben in der Zeitlosigkeit, aus dem mich früher Edda „erlöst" hätte.

Gleichgültig, wo ich hineingreife, ich bekomme die Zeit nicht zu fassen.

Schaue ich mir also selbst bei verschiedenen Tätigkeiten zu, ich fahre Fahrrad, schlafe, gehe ins Konzert, esse, trinke, schreibe, kaufe ein, denke nach, meditiere, träume. Was passiert?

Ich sehe und fühle mich diese Tätigkeiten ausführen, und doch bekomme ich die Zeit, in der sie passieren, nicht zu fassen, als seien diese Aktivitäten und Gefühle auf Watte gebettet.

Das Gleiche geschieht, wenn ich in mich hineingehe. Dabei wird mir innerlich ganz wohl und weich in der Zeitlosigkeit, in der ich mich zur Zeit (!) aufhalte. So liege ich maßlos lange im Bett - zehn Stunden sind keine Seltenheit, in denen ich dem Schlaf seinen Tribut zolle, aber auch über längere Strecken dämmere, die Stille, Lautlosigkeit und Dunkelheit auskoste oder auch die nahende Helligkeit des Tages, die von Nellys Stube in meinen Schlafraum zieht, den ich fast vollständig abgedunkelt habe. Ein Lichtschein fällt ab den frühen Morgenstunden durch den Vorhang. Neben den beiden lautlosen Lichtquellen wabert durch das in Nellys Zimmer geöffnete Fenster vielstimmiges Vogelgezwitscher in meinen Schlafraum.

Das angstvolle, beklommene Gefühl, das mich befällt, wenn ich ohne Nelly und Karl im Haus schlafe, lässt desto schneller nach, je länger ich hier bin. Ich atme auch nachts zwischen Tag und Traum auf weite Strecken tief und frei, denn Bedrohliches lasse ich nicht an mich heran, mache mich im Gegenteil darüber lustig.

Im Traum gibt mir der Institutsvorsitzende galant lächelnd einen denkwürdig ungünstigen Seminar- und Vorlesungsplan, eine Veranstaltung soll ich am Freitag zwischen 16.15 und 17.45 durchführen, worauf ich ihm meine Arbeitsverweigerung ankündige. Freitagnachmittag ist für mich die freieste der freien Zeit der Woche, die lasse ich mir von niemandem ruinieren, schon gar nicht vom Programmplan der Fakultät.

Auch die Nachbarn, die mir schlechte Schwingungen entgegenbringen, lasse ich außen vor, indem ich die Schwingungen kraftvoll von mir abhalte. Das gelingt mir durch das Gefühl der Zeitlosigkeit, das ich den langen, unstrukturierten Zeiträumen verdanke, die ich im Augenblick vor mir, aber leider auch schon hinter mir liegen habe.

Zum Gefühl der Zeitlosigkeit gesellt sich eine weitere Entlastung, die ich im Alltag nicht kenne: Niemand stellt Anforderungen an mich. Karl ist in der Stadt und bearbeitet seine Aufträge, während Nelly nach wie vor in Venedig Erfahrungen sammelt. Wir führen lange Telefongespräche, Karl stöhnt bereits über die hohen Kosten.

„Du hast wieder Hunderte vertelefoniert!"

„Woher willst du das wissen?"

„Ich habe versucht, dich anzurufen, du warst dauernd besetzt."

„Ja, das muss jetzt sein."

Da Nelly in Italien weilt, kann sie mir nicht zusetzen.

„Was erwartest du von einem Menschen mit meinen Hormonwerten, Mama?", erklärt Nelly unsere Situation. Früher waren die Kinder einfach in der Pubertät, heute haben sie eine Theorie darüber.

In Italien habe sie einen Brief bekommen, dessen Absender sie mir nicht verrät, dessen Inkognito aufzudecken ich mich diskreterweise nicht bemühe. Etwa einen Liebesbrief?

Unsere Verbindung über die Nabelschnur Telefon führt dazu, dass Nelly bisher keinen einzigen Brief geschickt hat. Seltsam nichtssagend muteten mich oft Eddas Briefe an; am Telefon oder beim Tête-à-tête war ihre Sprache präzise, ja zuweilen so inhaltsschwer, dass sich mein Herz verkrampfte vor Mitgefühl. Ihre Briefe hatten den Charakter faktenreicher Rundschreiben, in denen sie von einem im Kopf erstellten Grundtext ausging, der dann in Varianten und ökonomisch unter das Volk der Freundinnen gebracht wurde. Edda dachte eben sehr effizient auch im privaten Bereich. Beim Rekonstruieren muss ich eingestehen, dass ich dieses Vorgehen auf unseren Reisen übernommen hatte. Natürlich ging ich nie so weit, Eddas Brieftexte zu übernehmen, das hätte noch gefehlt!

Mit Frauen machte sich Edda ein wenig mehr Mühe als mit Männern, näher hinzuhören - was formulieren die da eigentlich? Welcher Art Gefühle drücken sie aus?

Zu Karl bestand eindeutig ein Konkurrenzverhältnis. Karl habe mich nicht verdient, er nutze mich schamlos aus und habe mir zu allem Überfluss ein Kind gemacht. Warum? Um mich endgültig an sich zu binden. Gefühle des Verbundenseins wollte Edda nicht gelten lassen; dagegen berauschte sie sich an der Idee vom grundsätzlichen Antagonismus zwischen Mann und Frau, die die Frauenbewegung als Glaubenssatz in die Welt gesetzt hatte.

Andererseits wusste sie sich Karls Loyalität mir gegenüber ohne Scham zu bedienen. Von der Exkursion ins Land der Lacandonen kamen wir abgebrannt zurück. Ich hatte meinen Forschungsauftrag mit geringen Geldmitteln ausgeführt,

Edda hatte ihre Ersparnisse restlos aufgebraucht. Wir zerbrachen uns den Kopf darüber, was zu tun sei.

Im Pariser Arrondissement Belleville fingierten wir einen Einbruch in Karls Auto. Dann stellten wir Karl vor vollendete Tatsachen. Während der Reise nach Paris hatte er einfach nur unsere Gesellschaft genossen; jetzt erst wurde ihm Sinn und Zweck unserer Einladung klar.

Mit großer Selbstverständlichkeit waren wir in der winzigen Wohnung von Thérèse abgestiegen. Das war ein Überfall, doch sie freute sich sehr.

Edda überlegte sofort, welche Gegenstände sie als gestohlen einsetzen konnte und musterte mit begehrlichen Blicken Thérèses Wohnung, während ich von unseren Abenteuern im Urwald der Lacandonen berichtete. Thérèse, die damals von einer großen Zukunft als Musikerin träumte, hatte sich gerade ein Saxofon gekauft, ihren einzigen Besitz, auf dem sie leider nicht mehr zuwege brachte, als ein paar Töne hervorzustoßen. An ihrer Pinnwand prangte eine nagelneue Rechnung, die Edda wie ein Raubtier seine Beute umschlich. Thérèse weigerte sich standhaft, die Rechnung für diesen heiligen Gegenstand unseren Zwecken zu opfern. Je hartnäckiger sie mit Händen und Füßen auf Thérèse einsprach, desto entschlossener bekräftigte sie ihre Weigerung. Am Ende hat Edda natürlich gesiegt und mit diesem Sieg begründete sie ihre Forderung, nicht fifty-fifty, sondern ein Drittel zu zwei Drittel zu teilen.

Nellys Austauschaufenthalt in Venedig und Padua hätte Edda mit spitzen Bemerkungen bespöttelt.

„Die Eltern rackern sich ab, um ihrem verzogenen Gör das Elitegefühl anzutrainieren."

Edda sah sich offiziell als Nellys Patentante und ging mit dieser Idee erfolgreich hausieren.

In Lesbenkreisen gilt ein Patenkind als äußerst schnuckelig.

Als Nelly klein war habe ich es nie fertiggebracht, Edda als Babysitterin einzusetzen. Vielleicht fürchtete ich, sie werde dem Kind ein Leid antun. Dunkle Ahnungen hielten mich davon ab, denn Edda witterte Konkurrenz in jedem Kind, das in meine Nähe kam. Mit Tieren ging es ihr ähnlich.

In den vielen Jahren, da ich glückliche Hundehalterin war, sagte sie einmal auf einer ihrer Partys:

„Ich wollte, ich wäre dein Hund."

Eine Zuhörerin fragte vorwurfsvoll:

„Wie kannst du so etwas sagen, Edda?"

„Ich meine es, wie ich es sage, ich wollte, ich wäre Lauras Hündin."

„Ja, wie meinst du das denn?"

„Weil sie sehr verantwortungsvoll mit ihr umgeht."

„Was willst du damit sagen?"

„Sie hat die überzähligen kleinen Hunde aus dem Wurf umgebracht."

„Umbringen lassen", warf ich ein.

„Und sie hat dafür gesorgt, dass die Welpen zu guten Leuten kamen."

„Das war leider kein Erfolg. Die meisten jungen Hunde, die wir hatten, wurden von den Besitzern einfach weiter geschenkt. Einer wurde sogar von seiner jugendlichen Herrin gegen eine Ration Heroin verkauft. Erinnerst du dich noch an Tine, Edda? Ich kannte sie über dich, sie war in grauer Vorzeit in deinem Pädagogikkurs."

„Ja, ich erinnere mich an Tine. Sie hatte sogar ein Baby, war blutjung, und du hattest ihr, in der Hoffnung, dass sie von der Nadel loskommt, ein Hundejunges gegeben."

„Nicht sehr erfolgversprechend", meinte der Partygast, eine sportliche Frau mittleren Alters.

„Aber Laura hat es wenigstens versucht, die Tiere gut unterzubringen. Ihr macht euch keine Vorstellung, wie schwierig das ist", verteidigte mich Edda.

Vor mir liegen Fotos, die Edda in verschiedenen Lebensaltern zeigen. Eines ist den Fotos gemeinsam: Edda wirkt jung, schön, anspruchsvoll. Genügten Fotos nicht diesen Kriterien, vernichtete sie sie kaltlächelnd auf schnellstem Wege.

Ich betrachte ein Foto, das sie auf einer ihrer Geburtstagspartys zeigt. Stark geschminkt und frisch onduliert haucht sie dekorative Wölkchen von Zigarettenrauch in die Kamera.

Partys bei Edda waren homogen besetzt. In den Gesprächen ihrer lesbischen Freundinnen aus der Angestelltenszene spielten Urlaub, Kleidung, Kosmetik, der Alterungsprozess eine wichtige Rolle.

Einige Schwule, zum Beispiel Ingo, Kneipier im Lokal „Grenzenlos", bevölkerten ebenfalls die Wohnung. Sie sprachen mit Vorliebe über sexuelle Praktiken und fühlten sich zum gegebenen Zeitpunkt ziemlich eingeschüchtert von Aids.

Auf Eddas Partys hatte natürlich auch ich meine Rolle. Weder lesbisch noch schwul wurde ich zu einer Göttin mit kaum vorhandenen Fehlern, zur unerreichbaren Idealfigur stilisiert - keine üble Rolle, nicht wahr?

„Laura ist intelligent, schön, liebenswürdig, schlank, gesund und, wie ich auf Reisen feststellen konnte, kontaktfreudig. Sie macht jede Menge Eroberungen. Wenn sie das möchte, liegen ihr die Leute, Männer wie Frauen, zu Füßen. Wenn sie das möchte, betone ich, denn sie weiß, was sie will. Und was sie von einzelnen Menschen möchte. Deshalb kann sie sich die Leute auch aussuchen und vom Halse halten. Und ist nicht so wie Ihr, Ihr nehmt, was kommt. Laura ist ganz anders, keine vorzeitige Nähe, keine falsche Distanz, das sage ich Euch. Ihr könntet Euch ein Stück davon abschneiden."

Die Lobeshymnen kamen natürlich nicht so geballt, wie ich sie hier wiedergebe, das hielte sicherlich niemand aus. Auch wenn ich ihr überschwängliches Lob ein wenig bremste, sah ich mich natürlich gerne als das Licht dargestellt, in dessen Schatten sich Edda prächtig sonnte.

„Laura ist unfassbar sprachgewandt. Glaubt mir, auf den Reisen habe ich mit zahllosen Leuten gesprochen, die ein solches Sprachtalent noch nie gesehen hatten."

„In Mexiko sprechen die Menschen fast ausschließlich Spanisch. Aus ethnopsychologischen Gründen fällt es ihnen sehr schwer, zum Beispiel das auch für sie nahe liegende Amerikanisch zu lernen. Denn die Gringos, das waren immer die Invasoren, die Herrschenden", warf ich bescheiden ein und übernahm meinen Part im Rollenspiel.

„Ja, ja, Laura, das ist mal wieder typisch für deine Art. Immer hübsch bescheiden, nicht wahr? Na ja, besser als umgekehrt. Laura spricht perfekt, nun, natürlich Deutsch, Englisch sowieso, das wisst ihr ja durch ihre Übersetzungen. Ganze Bücher hat sie übersetzt, das solltet ihr Banausen wenigstens wissen. Französisch perfekt, nicht etwa nur fließend. Sie hat ein Jahr in Paris zugebracht, nicht lediglich als Touristin, nein, ihren Lebensunterhalt erarbeitet hat sie dort auch. Laura und ich haben beste Kontakte in Paris, wir fahren häufig gemeinsam hin."

Die einzige gemeinsame Reise hatte dem mir mit sanfter Gewalt aufgezwungenen Versicherungsbetrug gegolten. Edda hatte sich danach aber beherzt meine Freundschaften in Paris zunutze gemacht und hatte, indem sie sich kurzerhand als Gast ansagte, die Gastfreundschaft sehr genossen. Auf Gastgeberinnenseite war der Genuss nicht so stark ausgeprägt, insbesondere als Edda noch eine Freundin mitbrachte, die dann samt Klappbett in Thérèses Wohnung in Belleville nächtigte. Thérèse war verwirrt über den Besuch; auf ihre höfliche Art berichtete sie wie von einem Überfall, der allerdings zwei Wochen andauerte und von nicht enden wollenden Redekaskaden begleitet war, für die „Siggi" verantwortlich war. Während des „Überfalls" hatte sie ununterbrochen von Kosmetik, Nagellack, Lidschatten, Lippenstiften, Gesichtswasser gesprochen und war trotz Thérèses Überdruss nicht zu stoppen gewesen.

„Können wir denn auch mal auf deine Kontakte in Paris zurückgreifen?" fragte Ingo von „Grenzenlos" indiskret.

„Weißt du, wenn du eine Frau wärest, jederzeit. Das wäre etwas anderes. Aber Thérèse steht nun mal nicht auf Männern, mein Lieber. Sie würde noch nicht einmal Männer zu einer Fete einladen, so wie ich das tue. Aber Laura spricht nicht nur perfekt Französisch", beharrte Edda auf ihrem Thema.

„In Spanisch ist sie genauso fit. Ihr hättet mal die Mexis sehen sollen, denen fiel vor Staunen die Kinnlade herunter, das kann ich euch sagen, denn es gibt kaum Gringos, die über die Anfangsgründe des Spanischen hinauskommen."

Die Partygäste zuckten mit den Schultern oder nickten mir aufmunternd zu unter dem Motto:

„Bist schon ein toller Hecht, Laura."

Das Foto zeigt im Hintergrund für mich unverwechselbare Tapetenmuster. Diese Wohnung, von ihr als „meine Lasterhöhle" bezeichnet, hatte Edda viele Jahre bewohnt. Bevor sie sich in der Höhle einrichtete, hatte sie sich experimentierfreudig gezeigt und war zunächst vom besetzten Haus in eine Frauenwohngemeinschaft gezogen. Dort war ihre Position eindeutig besser als unter den Jura-Studenten unseres besetzten Hauses.

Ein Neuanfang.

Edda wanderte dann durch verschiedene Frauenwohngemeinschaften. Hier entwickelt sie eine neue Wahrnehmung, sogar Selbstwertgefühl.

Sie war eine interessierte Studentin, schrieb eine gute Diplomarbeit über Vita Sackville-West, damals eine kaum bekannte Autorin.

Diese Zeit ist leider auch der Beginn zahlloser unglücklicher Lieben für Edda: Sie vereinnahmt, möchte Treueschwüre ewiger Liebe, Schönheit, in der sie sich sonnen kann. Doch was möchte sie geben? Wer ist sie eigentlich? So fragt sie mich und sich selbst jetzt häufig traurig. Sie erblickt nur gähnende Leere; es sind keine Ressourcen vorhanden. Also macht sie sich wie eine Diebin an die Ressourcen anderer.

Ein Schritt aus diesem Dilemma wird die eigene Wohnung sein. Zunächst teilt sie die Wohnung mit Ariane, einer Bekannten aus der Frauenbewegung.

„Eine sehr schöne Frau, 19. Jahrhundert", fasst Edda den Eindruck ihrer ersten Begegnung zusammen. Ariane bewohnt das „beste" Zimmer der Wohnung, über deren Einrichtung wir staunen. Ariane hat den Raum mit einer Wohnzimmertapete ausstatten lassen, ein zartes Blumenmuster von Girlanden, die in Längsstreifen zu Boden fließen. Ein Klavier beherrscht das Zimmer, Noten liegen aufgeschlagen. Wir erfahren, gerne spiele sie abends bei Kerzenlicht „für Elise" oder ähnliche Stücke dieses Kalibers und Schwierigkeitsgrades, um ihren Kummer zu bearbeiten. Sie weine dann haltlos, da Donna sie von jetzt auf nachher verlassen habe.

Wir müssen uns darum kümmern, dass Donna ihre Möbel abholt, denn vorher kann Edda nicht einziehen. Bei allem Kummer ist Ariane überraschend realitätstüchtig. Sie geht einer regelmäßigen Arbeit nach, während Edda bereits freiberuflich in der Werbung herumjobbt.

Dieses Zimmer gleicht dem unbewohnten Wohnzimmer einer liebenswürdigen Tante aus grauer Vorzeit. Tante Lala wollte mir ihre schwarz gebeizten schweren Eichenmöbel überlassen, was ich dankend ablehnte, so dass Tante Lala sich bis an ihr Lebensende an ihnen erfreuen konnte.

In Arianes Salon, wie sie das Zimmer beschönigend nennt, treffe ich fast genau die gleichen Möbel wieder. Ebenso kommt mir der Wohnzimmerteppich und auch die Heidelandschaft über dem Sofa erstaunlich bekannt vor. Lediglich das Sofa passt nicht zu meinen Reminiszenzen, denn es ist nicht aus dem gleichen, schweren Guss und dürfte aus dem Biedermeier stammen. Blutroter Plüsch ist in einem dezenten Rautenmuster gehalten; Trotteln und Fransen, die das Sofa schmücken, wetteifern um das dunklere Rot. Ariane erwartet uns mit ihrem alabasterfarbenen Teint bereits aufrecht auf dem Sofa sitzend, ihre schwarzen Haare umfluten feucht und schwer ihr Gesicht. Sie gießt Tee in ihre Sammeltassen, die sie für uns aufgedeckt hat, dazu reicht sie Gebäck aus einer Keksdose.

Edda kann einziehen.

Sie bekommt das kleine Zimmer, das dritte Zimmer wird gemeinsam genutzt, es hat gleichzeitig auch eine Badeecke, wie in diesem eher proletarischen Stadtteil üblich. Ich wohne zu dieser Zeit in einem ähnlichen Arrangement und in einer vergleichbaren Wohnung mit der Variante, dass das „gute" Zimmer gemeinsam genutzt wird. Das ist kein Vorwurf, denn wer wollte Ariane die Wahl ihres Wohnzimmers verdenken, muss sie sich außerdem doch auch Eddas durchaus geschickten Verhandlungsstrategien stellen, deren Ergebnisse Edda noch einmal rekapituliert:

Ariane darf das gute Zimmer behalten. Edda dagegen bewohnt mehr oder weniger – hier liegt noch ein kleiner Spielraum – die beiden anderen Zimmer. Auf jeden Fall wird sie ihren – sehr üppigen – Kleiderschrank im gemeinsamen Zimmer unterbringen und hat Ariane etwas dagegen, wenn sie hier einen Esstisch aufstellen, außerdem Fernsehapparat und Musik? Denn schließlich soll hier ja so eine Art Wohngemeinschaft im Kleinen entstehen. Das sei für Ariane doch auch das Beste. Sie muss etwas dafür tun, um aus ihrem Einsamkeitstrip herauszukommen. Da helfen bestimmt Einladungen zum Essen an andere Frauen. Gäste müssen her, andere Themen und nicht nur immer Donna, Donna. Ariane kann nicht mehr Auto fahren, so fertig mit den Nerven ist sie. Und mit den öffentlichen Verkehrsmitteln kann sie sich schon gar nicht bewegen. So bleibt ihr nur noch das Fahrrad, so stark ist sie seit der Trennung von Ängsten geplagt. Das kann und muss besser werden. Außerdem kümmert sich Edda ja auch um die Entsorgung von Donnas Möbeln, da ist ein bisschen Entgegenkommen im Hinblick auf die Aufteilung des Wohnraums von Arianes Seite mehr als angebracht.

Ja, das hat Ariane wirklich vollkommen richtig gehört. "Nach dem Umzug fahren wir erst einmal für mehrere Monate in das Land der Lacandonen und nach Tehuantepec, wo Laura das dort erhaltene Matriarchat untersuchen möchte. Da musst du erst einmal alleine mit deinen Ängsten fertig werden, aber danach ...!"

Wird Ariane die Miete alleine tragen können? Nur schlecht, denn sie möchte weniger arbeiten und die Abendschule besuchen. In diesem Fall hat sie doch sicher nichts dagegen, wenn eine Freundin von Edda, Künstlerin und selbstverständlich auch lesbisch, alles andere wäre eine Zumutung, die Räume, also Eddas Räume und Miete, übernähme.

Diese Zielsicherheit bewies Edda bereits bei unserer ersten Begegnung.

„Du musst unbedingt hier einziehen!", sagte sie.

Ich hatte Edda, diese junge Frau in genau meinem Alter, noch nie im Leben gesehen und sie kannte mich genauso wenig. Woher konnte sie das also so sicher wissen?

Stevie und ich waren Anfang zwanzig. Von diversen „Nebenbeziehungen" gebeutelt, sahen wir uns nach einem gemeinsamen Wohnsitz um. Gemeinsam: Darunter verstanden wir die Gemeinsamkeit mit Dritten und Vierten, am besten in einem Kollektiv von Gleichgesinnten.

Wir liebten uns.

Stevie hatte sich längst der Zubereitung von exotischen Gerichten zugewandt; ich dagegen konnte erst Beutelsuppen aufbrühen, lernte aber schnell dazu.

Wir genossen unsere Sexualität.

Ein gemeinsamer Bekannter hatte Zugriff auf die Erzeugnisse eines Verlages, der Soft-Pornos verlegte. Die dargestellten Szenen sahen wir als Gebrauchsanweisung und stellten sie manchmal nach.

Frisch immatrikuliert wollten wir beide zusammen ins besetzte Haus einziehen. Bei der dort hausenden Wohngemeinschaft suchten wir um die zwei Mansardenzimmer nach. Die Genossen zögerten, sie wollten die Entscheidung von der Aussprache der Hausversammlung abhängig machen, doch Edda entschied sich spontan für uns, dafür brauche sie kein basisdemokratisches Mandat der Hausversammlung.

Allerdings galt ihr Votum offensichtlich mir, während sie Stevie als notwendiges Anhängsel betrachtete, wie sie unumwunden zugab.

Unsere Unterredung fand in Dannis Zimmer statt. Edda saß auf Dannis Bett, hatte ihr lockiges Haar hochgesteckt. Über ihr prangte in riesigen Lettern, an die in Pastelltönen gehaltene Wand getüncht, „die Justiz ist eine Hure". Sprayen war noch nicht in Mode, außerdem waren Geldmittel alles andere als üppig.

Danni studierte zu jener Zeit Jura und ist heute ein respektabler Jurist.

Sie hatte die in stilisierten Blumen gemusterten Bettbezüge fröstelnd über die Beine gezogen und musterte mich mit wachem Interesse.

„Ach, du studierst auch Jura und zusätzlich Völkerkunde. Wie schade, da können wir ja gar nicht zusammen arbeiten. Was ist das eigentlich, Völker-Kunde? Wie passt das denn zusammen? Alle in diesem gottverdammten Haus studieren Jura. Vielleicht wechsle ich noch das Fach, das heißt, ich habe ja noch gar nicht mit dem Studium angefangen. Ich will Pädagogik studieren. Im Grunde ist das gar kein richtiges Studienfach. Ich habe eh ein anderes Hobby. Soll ich dir mal zeigen welches?"

Ich zögerte, denn ich war voller Spannung, wie unser Vorstellungsgespräch ausgehen würde. Auf Eddas Hobby, welcher Art auch immer es sein mochte, konnte ich mich im Augenblick schlecht konzentrieren. Und einfach den Raum verlassen, in dem jetzt über unser weiteres Schicksal entschieden werden würde, lag nicht in meinem Interesse.

Die Ausgewogenheit der Proportionen des Zimmers beeindruckte mich, auch der reiche Stuck an der Decke, die ausladende Veranda und der angrenzende Wintergarten. Trotz des fahlen Lichts, eine Glühbirne an der Decke war die einzige Lichtquelle, wirkte das Zimmer anheimelnd auf mich.

Mit sicherer Hand hatte Danni aus dem Sperrmüll, wie er voller Stolz berichtete, allerlei Schmuckstücke zusammengetragen, einen schweren Schreibtisch aus Eiche und einen ebenso massiven Sekretär.

Edda hatte mich zwar zu sich aufs Bett gebeten, ich hatte jedoch auf einem dunkelrot bezogenen Sessel Platz genommen; meine Füße standen entschlossen auf einem abgetretenen, doch immer noch farbenprächtigen Perserteppich, bordeauxrot.

Hier wollte ich einziehen, das stand für mich fest. In Stevies Augen las ich die gleiche Entschlossenheit.

Da Stevie und ich nicht gewohnt waren, viel zu sprechen, wir hielten uns lieber an den Händen und blickten uns in die Augen, waren wir dankbar, dass Edda die Konversation aufrechterhielt. Stevie ließ Eddas Redekaskaden aus Höflichkeit über sich ergehen, ich dagegen war bereits dabei, mir anhand der Lebensdaten, die sie wie Geschosse abfeuerte, ein Bild von ihr zu machen: Wir trugen zufällig das gleiche lila gemusterte Kleid in jenem Abend. Ich hatte zusätzlich einen breiten Ledergürtel um die Hüften geschlungen. Modeschöpfer des Billigkaufhauses hatten den Fetzen knöchellang konzipiert. Beide hatten wir das Kleid wesentlich gekürzt, ohne der damals grassierenden Minimode ihren Tribut zu zollen. Wortreich strich Edda diese Gemeinsamkeit als ein gutes Omen für unser zukünftiges Zusammenleben heraus.

Beim Einzug bot sie uns tatkräftige Unterstützung, während die „Genossen" zunächst nur interessiert unseren Plunder musterten. Doch an Edda kam buchstäblich keiner vorbei; einzelne Versuche der Bewohner, sich über die Dienstbotentreppe davonzustehlen, scheiterten kläglich.

„Was haltet ihr davon, wenn wir eine Kette bilden?"

„Nicht schon wieder", stöhnte Danni.

„So hat sie es auch bei ihrem Einzug hier gemacht."

„Wann war das?"

„Unmittelbar vor dir und Stevie ist sie eingezogen."

„Ich dachte, sie lebe von allem Anfang hier, seit der Hausbesetzung."

„Quatsch. Ich kenne sie aus meiner Heimatstadt. Eigentlich dachte ich, es sei aus zwischen uns. Ich hatte sie auch schon so gut wie vergessen. Ich war echt erstaunt, als sie mit ihrem roten VW-Käfer vorfuhr.

Sie packte zunächst einmal ihren Koffer aus. Geschickt gemacht. Dann kam so nach und nach ihr ganzer Haushalt. Den Genossen blieb die Spucke weg. Mir auch.

Edda sagte, auf eine Hausversammlung könne sie verzichten. Dies sei ein besetztes Haus. Es stehe jedem frei, das Haus auch zu besetzen. Und das tue sie hiermit. Und nicht nur das, sie besetzte gleichzeitig mein Zimmer."

Mit einem Blick erfasste Edda die Lage, als sie Danni und mich vor unserem Umzugsauto stehen sah. Mit wütend funkelnden Augen baute sie sich vor ihm auf:

„Was verbreitest du wieder für Lügengeschichten, du Schmock", fauchte sie Danni an, dessen Gesicht sich krebsrot färbte.

„Der Käse ist noch nicht gegessen", erwiderte er im gleichen hochgestochen norddeutschen Akzent wie Edda.

„Wir bilden jetzt Ketten, Danni, du bist für den ersten Stock eingeteilt."

Widerstrebend, doch gehorsam fügte er sich in ihre Anordnung, nicht ohne missbilligend durch die Zähne zischen.

„Und nun zu dir", schien sie zu denken, als sie sich mir zuwandte.

„Kein Wort von dem, was Danni dir erzählt, ist wahr. Wir lieben uns nämlich."

„Nur weiß er es nicht", dachte ich und ergriff das nächstbeste Möbelstück.

In den Mansardenzimmern entwickelten wir sogar ein wenig Wohnkultur, von den Genossen argwöhnisch beäugt. Dispersionsfarbe zum Tünchen der Wände stand im Keller bereit, auch Dosen mit rotem Lack zum Pinseln von Parolen.

Ich war versucht „Venceremos" an meine Zimmerwand zu knallen. Dies war unter uns Genossen nicht unüblich und entsprach meinem Lebensgefühl. Aber scheinbar hatte zu guter Letzt meine kleinbürgerliche Herkunft die Oberhand gewonnen, und ich schmückte die Wand über dem Bett mit einem überdimensionalen Gemälde, das uns ein befreundeter Künstler auf einem unserer Aufenthalte in London zugedacht hatte. Es erinnerte mich an glückliche, ungebundene Zeiten in dem angenehmen Vakuum zwischen Elternhaus und Selbstständigkeit, in denen die Wirklichkeit des Erwachsenseins noch in erwartungsfroher und mit Spannung herbeigesehnter Ferne liegt.

Das Bild rief mir unsere konspirativen Rendezvous in der fremden Stadt ins Gedächtnis zurück, denn wir hatten uns von Zuhause weggestohlen, um uns dort heimlich zu treffen. Die Aufenthalte dienten offiziell dem Studium der englischen Sprache und der Kunstgeschichte.

Wir liebten uns hingebungsvoll!

Das Schicksal hatte Stevie und mir im besetzten Haus benachbarte Zimmer beschert. Stevie hatte in seiner Unterkunft ebenfalls eine Reminiszenz verankert, die eine vergangene, sorgenfreie Lebensphase heraufbeschwor, nämlich einen bunten, handgewebten Teppich. Die Farbenpracht der auf einer Fahrt durch algerische Wüstenstädte und Oasen erstandenen Reisetrophäe war zwar gewaltig, doch ich hätte ihr mehr Kraft zugetraut, uns im Umgang mit den schwierigen Zeiten, die uns bevorstanden, zu unterstützen. Der algerische Händler hatte die magischen Fähigkeiten des Teppichs angepriesen, er beschere den Käufern ewige Liebe und die Gabe, umfassendes gegenseitiges Verständnis aufzubringen. Der Teppich hat versagt. Täglich hatten wir uns dem Einbruch des Neuen mit seinen quälenden Fragen zu stellen. Täglich fingen wir bei Null an, bei unbeantworteten quälenden Fragen wie: Was wollen wir im besetzten Haus? Was bedeuten unsere Beteuerungen, ich liebe dich? Was ist der Sinn des Lebens?

Weit nützlicher erwies sich der Teppich als Anhaltspunkt für die tastende Recherche unserer Mitbewohner, versuchten sie doch herauszufinden, was uns nach Algerien geführt hatte. War es etwa die algerische Revolution? Richtig geraten und brav nach der im besetzten Haus herrschenden Moral ausgewertet. Es gab kein Zurück in das wohlbehütete Elternhaus, dessen Nebelschwaden uns im Schlaf umwehten. Stellung nehmen, was will ich im Leben, Positionen finden, die Eltern uns zuordnen, statt zu leben. Hinterfragen, wenn nötig. Altbewährte Denkgebäude zerstören, neue Positionen finden, verunsichert im Regen stehen.

Und Edda arbeitete heftig mit am Regenwetter. Sie beobachtete meine nicht enden wollenden Bemühungen um mich und Stevie, sah dabei zu, wie ich mir die Nächte um die Ohren schlug, um Stevie nah zu sein.

Manchmal hatte ich damit Glück, doch meistens Pech.

Ebenso wenig wie Stevie konnte ich meinen neuen Lebensrhythmus finden.

In den frühen Morgenstunden gingen wir zu Bett. Wenig später hörte ich Stevie, von innerer Unruhe getrieben, nach nebenan zu den dort aufgebauten Leinwänden gehen, bemerkte im Halbschlaf Farb- und Terpentingeruch, der durch die Türritzen drang, begleitet vom Schaben des Messers auf der Leinwand, die Stevie neu mit Farbe beschichtete. Leise drehte er das Radio an, ein Geschenk seiner Mutter, und raschelte mit Schokoladenpapier. Schokolade brachte Stevie in reichlichen Mengen von seinen Besuchen von Zuhause mit. Die Mutter klagte über lange Mädchenhaare in seiner Bettwäsche, wie Stevie bei gemeinsamen Abendessen im

Kreise der Wohngemeinschaft in einer Mischung aus Stolz und fragender Unsicherheit zum Besten gab. Mit Eddas wachen Ohren und ihrer spitzen Zunge hatte er nicht gerechnet.

„Warum nimmst du Trottel denn die Bettwäsche mit nach Hause? Wir haben hier doch eine Waschmaschine! Du findest es schön, wenn Mami deine Unterhosen wäscht, gib's zu. Noch hübscher ist es, wenn sie in der Bettwäsche lange Haare und vielleicht noch ganz andere Sachen entdeckt. Ekelhaft."

Diese Einschätzung missfiel Stevie so sehr, dass er den Mund fest zusammenpresste und den ganzen Abend zur Strafe kein Wort mehr sagte, auch nicht zu mir. Schließlich hatte ich Edda, das Quasselgerippe, wie er sie heimlich nannte, nicht zum Schweigen gebracht, und die Genossen lachten auf seine Kosten.

Wenn Stevie gegen Morgen Ruhe fand, legte er sich zu mir - doch fand er Ruhe? Er stöhnte im Schlaf. Am späten Nachmittag, wenn wir aufstanden, erzählte er von Träumen, in denen die Mutter, der elterliche Bauernhof, eine Rolle spielten.

Stevie litt unter Heimweh, ihm fehlte die Fürsorge seiner Mutter. Die wöchentlichen Heimfahrten am Samstag und Sonntag machten den Trennungsschmerz nicht besser, gewährleisteten aber unsere Versorgung unter der Woche. Mit dicken Blumensträußen aus dem Garten kehrte er zurück, mit Kuchen, den die Mutter eigens für mich gebacken hatte. Meine Vorlieben lagen bei Linzertorte und Kirschstreuselkuchen. Ich ergötzte mich an hausgemachter Wurst von dem selbst aufgezogenen Schwein; an Salat, Gemüse, die der heimische Garten zu bieten hatte, ohne Chemie angebaut schon damals.

Zeit der Freundschaften, Zeit der großen Lieben. Auch andere Genossen hatten ein Auge auf mich geworfen, machten mir den Hof; ich war nicht abgeneigt, neue Freundschaften zu schließen, mit Männern wie mit Frauen. Die Trennungslinie zwischen Freundschaft und Liebschaft verlief fließend. Die Welt stand mir offen: Jeden Tag machte ich mindestens zehn neue Kontakte, viele waren wirklich auf meiner Wellenlänge.

Waren es Stevies Heimwehgefühle, die ein positives Lebensgefühl nur schwer aufkommen ließen? Empfanden wir das Gefühl der Gemeinsamkeit in unseren vertrauensvollen sexuellen Begegnungen, so verloren wir es auf anderen Ebenen. Absprachen kamen nicht zustande, es gab keine koordinierte Zeitplanung: einen Schritt vorwärts und zwei zurück.

Stevie nannte mir und dem Kollektiv berechtigte Gründe für seine Wochenendtouren. Oft dauerten seine Reisen die ganze Woche, das Wochenende dagegen nutzte er dann für seine Studien und die politische Arbeit. Seine Eltern forder-ten seine Mitarbeit im landwirtschaftlichen Familienbetrieb ein und hatten ihn von Kindesbeinen an auf harte Arbeit programmiert. Von einem Zusammenleben konnte keine Rede sein, zumal Stevies Bedürfnis, alleine zu sein, grenzen-los war.

Edda war die Gewinnerin.

„Du kannst dich doch nicht immer mit diesen verdammten politischen Schriften abgeben. Entweder lass sie liegen, oder lies sie mit mir zusammen. Ich verstehe ohnehin kein Wort von dem, was der gute Marx in seinem ‚Kapital' sagen möchte."

Danni hatte die beiden ineinander gehenden Räume geschmackvoll gestaltet und in ungewöhnlichen Farben ausgemalt. Sie waren in milchiges Licht getaucht, das durch eine breite Fensterfront und durch riesige Dachfenster hereinströmte. Sogar Nachts fiel Mondlicht ein, bei sternklaren Nächten war das Funkeln der Sterne zu sehen. Die Farbe Lila beherrschte in vielen Schattierungen die Räume. Von der Lichtquelle ausgehend, hatte Danni seine Lieblingsfarbe, in ihrem Spektrum ausschöpfend, von der dunkelsten Nuance zur hellsten gestrichen. Näherte sich das Auge dem Fenster, steigerte sich die violette Farbgebung ins Dunkle, so dass Farbe und Licht sich die Balance hielten. Danni hielt seine ausgetüftelte Farbkomposition für ein überzeugendes Beispiel seiner Genialität, die ihn von uns armen Durchschnittsmenschen abhob, wie er uns täglich zu verstehen gab.

Edda zog mich in den hinteren Teil der Gemächer, um mit einer Überraschung aufzuwarten. Auf dem Boden ausgebreitet lag eine unglaubliche Kollektion.

„Wie findest du die Früchte meiner Arbeit?", fragte Edda.

Sie stellte befriedigt fest, dass das Arsenal an für mich unerschwinglichen, wenn auch unnützen Luxusgegenständen mein Interesse erregte.

„Das hast du alles zusammengeklaut?"

„So würde ich das nicht nennen. ‚Eigentum ist Diebstahl.' "

An einer Wand stand ein Kleiderständer aus dem Kaufhaus; auch ihn hatte Edda eigenhändig und ohne aufgehalten zu werden, aus der Konfektionsabteilung gerollt.

„Wollen wir die Klamotten einmal anprobieren?", lud sie mich ein.

„Du kannst dir aussuchen, was du haben möchtest. Ich schenke es dir, weiß eh nicht, wohin mit dem ganzen Plunder."

„Trotzdem kommst du täglich mit neuen Tüten und Schachteln an."

„Nicht täglich, du Lügnerin."

„Bist du eigentlich kleptomanisch?"

„Dafür würde ich dir am liebsten eine knallen. Ich bin mit zehn Geschwistern aufgewachsen. Wenn ich die Kleine mitrechne, die ist ein Mongölchen, sind wir elf. Der Vatti hat schwer aufs Geld geachtet und das meiste für sich behalten. Nicht mal Stiefmutti hat er genug zum Wirtschaften gegeben. Wenn ich jetzt nach Hause fahre, Familientreffen und so weiter, mache ich mich immer hundertprozentig schick zurecht."

„Muss das sein?"

„Und ob. Komm, probiere doch das Charlestonkleid im Stil der zwanziger Jahre an. Ich habe den Kopfschmuck, ein Traum aus Paletten und Pfauenfedern, gleich mit einge-packt. Auch mit passenden Schuhen kann ich aufwarten."
Wir wechselten mit anwachsender Begeisterung von einer Kostümierung in die andere. Danni hatte sich für den Nachmittag kopfschüttelnd empfohlen - wir weinten ihm keine Träne nach.

„Schlaft ihr viel zusammen?"
Ich verstand die Frage nicht, denn wir schliefen täglich meh-rere Male zusammen, - sofern Stevie nicht auf seiner ausge dehnten Wochenendtour war.

„Mit Danni macht es mir keinen Spaß. Wahrscheinlich, weil ich ständig mit Unterleibsschmerzen zu kämpfen habe."

„Du solltest zum Arzt gehen."

„Ja, sollte ich. Kommst du mit?"

„Ich gehe furchtbar ungern zu Frauenärzten!"

„Bitte! Bitte! Mir hat noch nie jemand geholfen. Immer musste ich anderen helfen."
Edda hatte mich überzeugt, mir war elend von den vielen unterschiedlichen Duftnoten, die wir ausprobiert hatten. Die aufgereihten Flacons waren unerschöpflich.
Jetzt kamen die Klunker an die Reihe, Ringe mit Granaten und kleinen Brillantsplittern waren dabei. Ihr Ziel, einen

Diamanten einzuheimsen, hatte Edda noch nicht erreicht. Das war eine Nummer zu groß für sie.

„Die Eltern sind jetzt sehr stolz auf mich, wenn ich so gepflegt zu Hause erscheine."

Ihre Stimme bebte, während sich in ihrem Gesicht tiefe Befriedigung abzeichnete.

Edda imitierte überzeugend den hanseatischen Eifer ihrer Eltern.

„Sie ist ausgesprochen tüchtig, wird bald studieren und verdient gleichzeitig jede Menge Geld."

„Früher haben sie sich einen Dreck um mich geschert; ich musste alle Zimmer, das Geschäft und alle Klos putzen. Ich bekam keinen Pfennig dafür, nicht einmal ein Dankeschön, höchstens ein bisschen schlechtes Essen. Etwas Besseres als das hier findest du überall, hab ich mir gesagt und habe die Konsequenzen daraus gezogen. Daraus habe ich gelernt, konsequent zu sein im Leben."

Eddas Stimme blieb fest und hart, auch als sie mir ihre Puppensammlung vorführte.

„Schau dir mal meine Käthe-Kruse-Puppe an, sei vorsichtig."

Liebevoll, wie ich Edda nie erlebt hatte, legte sie mir die Puppe in den Arm, strich über deren lange Locken.

„Man könnte fast sagen, sie sieht dir ein bisschen ähnlich", befand ich.

Da warf sich Edda weinend auf das Bett im Alkoven. Unsicher und ratlos wandte ich mich ihr zu, zögerte, mich zu ihr zu setzen, stand schweigend da, atmete schwer und wartete ab.

„So etwas Liebes hat mir noch nie jemand gesagt."

Immer noch schluchzend stand sie auf, schniefte kurz, warf die Locken nach hinten, sammelte sich und musterte die Objekte ihrer Begierde noch einmal.

Porzellan, Lampen, stapelweise Bücher, Kosmetik und Parfums, Pralinen- und Gebäckpackungen, Geschenkpapier, Ledertaschen, Koffer, Schuhe in allen Varianten hatte sie zusammengetragen, auch Brettspiele und einen großen Legokasten, an dem mein Blick haften blieb.

Sie fing meinen Blick auf.

„Wollen wir etwas bauen?", schlug sie vor.

„Ja, gute Idee, mir ist so richtig danach, Lego zu spielen. Morgen müssen wir ein Fernsehinterview über uns und das besetzte Haus geben."

„Ach, das wird Danni schon besorgen."

„Aber wir könnten das ebenso gut, Edda."

„Du vielleicht, ich nicht."

„Komm, wir bauen ein Haus."

„Unser Traumhaus?"

„Nein, einfach ein Haus. Meinetwegen nur den Grundriss mit Wänden."

„Also doch ein Traumhaus."

„Ja, ein Traumhaus, aber nicht unser Traumhaus."

An dieser Stelle wäre ich am liebsten auf und davon gelaufen. Wie konnte Edda das Gefühl der Nähe so überstrapazieren und ausnutzen?

Da sie geweint hatte, konnte ich sie jetzt doch nicht einfach sitzen lassen, dafür hatte Edda einen Riecher und hielt mich fest. Ich dagegen wollte ins Freie, an die Luft, in den nahen Park, nur weg von hier.

Meine Beklemmung löste sich, indem ich ihr vorschlug, ein Schiff zu bauen, für das wir sogar Segel und Takelage improvisierten.

Trotz revolutionärer Besessenheit versuchte ich zu studieren. Die matriarchalischen Gesellschaften interessierten mich; mir war gleichgültig, ob diese Vorliebe nun als politisch korrekt galt oder nicht. Ich las mich in die matriarchalischen Kulturen der neuen Welt ein, so dass der Wunsch in mir wuchs, dorthin zu reisen und die Nachfahrinnen dieser wunderbaren Kultur selbst kennen zu lernen.

Was Stevie anbetraf, so konnte ich die Wirkungen des LSD-Genusses auf die Psyche am lebenden Beispiel studieren. Niemals hat ein erwachsener Mensch zu mir eine solche Nähe herstellen können; niemals habe ich zu einem Menschen derartiges Einssein gefühlt, das dann umso schärfer durchtrennt wurde durch das sich zwischen uns stemmende Gefühl der Kälte. Beide arbeiteten wir an diesem Keil, den wir zwischen uns trieben, und stürzten uns mit Fleiß in die größten Krisen. Der Kampf um die eigene Identität zwang uns dazu, wie ist sonst Zweisamkeit möglich? Folgerichtig musste erst einmal Einsamkeit gelebt werden.

Stevie verfiel bisweilen in eine Art Koma, in dem er sich in der Apokalypse sah, aus der er mit heiler Haut nur mit meiner Hilfe herauskommen konnte. Er klammerte sich nächtelang an mich, um sich vor den Kräften dunkler Mächte zu schützen, die ihm den Verstand zu rauben drohten. Ich befand mich in einem vorher und nachher nie gekannten Zustand der Ratlosigkeit.

Edda konnte ich damit nicht kommen; sie hätte in ihrem Pragmatismus die Nervenheilanstalt angerufen und im Brustton der Überzeugung behauptet, sie tue uns etwas Gutes.

Für sie war der Kampf um die Identität längst ausgestanden, dessen war sie sicher. Ihr Menschenbild und auch ihr Selbstbild hatte sie aus ihren Erfahrungen in der Herkunftsfamilie, die sie hinter sich gelassen hatte, gebildet. Daraus hatte sie eine Matrize gefertigt, die sie auf alle möglichen menschlichen Konstellationen anlegte. Es war ihr sonnenklar: Auf der Minusseite der joviale „Vatti", Markenzeichen genießerisches Menjou-Bärtchen, die arbeitsame, unterwürfige Stiefmutti mit ihrer Duttfrisur als modische Reminiszenz an die fünfziger Jahre.

Die Geschwister galten ihr als durchtriebene Geschäftsleute ohne Seele und Herz, die sie schließlich auch noch ums Erbe bringen würden. Die geisteskranke „Kleine" wurde vom Vater in einem Anfall von Großmannsucht gezeugt, lautete Eddas Urteil, ihrer Geburt ging bereits ein tot geborenes geisteskrankes Kind voraus.

Ohne böse, aber auch ohne gute Absichten hatte ihr der Schoß der Familie die Tuchfühlung mit dem lebensnotwendigen Urvertrauen versagt. Aufgrund dieses Mangels glaubte Edda an ein Naturrecht der Kompensation, sie glaubte Forderungen über Forderungen stellen zu dürfen. Sie erhielt jedoch Demütigungen über Demütigungen.

Der Kampf um Anerkennung im studentischen Milieu war entweder mit den Waffen des Intellekts, des passenden oder passablen Familienhintergrundes oder aber mit einem selten anzutreffenden Charisma zu führen und zu gewinnen. Edda besaß vorerst keine der drei Qualitäten. So versuchte sie, die kollektive Struktur auf ihre Weise zu nutzen. Doch in den meisten Fällen wurde sie schamlos ausgenutzt, selbst da, wo sie gezielt ausnutzen wollte.

Freitagabends waren Kinobesuche in der 23-Uhr-Vorstellung angesagt. Edda wollte gerne mit ihren studentischen Freunden gesehen werden: "Seht her, ich habe Freunde, ich gehöre dazu."

Diese Freunde wollten transportiert werden. Es ist ungemütlich, die öffentlichen Verkehrsmittel zu benutzen. Also her mit deinem feuerroten Auto, Edda, und du darfst dich sogar selbst ans Steuer setzen. Während wir andern nach dem Filmgenuss ein Bierchen tranken, musste Edda bereits an die Gefahren des Heimwegs denken. Und der war, gerade am Wochenende, von Polizisten gepflastert, die die Leute, die ihnen auf Demonstrationen zusetzten, wenigstens mittels Alkoholtests erwischen wollten.

Auf der Plusseite des Familiendramas gab es die Großmutter, auf die Edda nichts kommen ließ. Die hatte ihr ab und an einen Geburtstagskuchen gebacken oder ein neues Kleid genäht.

Eines schönen Tages kam Edda mit der Idee in die Hausversammlung, es seien vom Haushaltsgeld auch Briefmarken anzuschaffen. Sie errechnete sich damit einen kleinen Vorteil, da sie verhältnismäßig viel Korrespondenz zu erledigen hatte, nahm sie doch von ihrem Teilzeitjob Arbeit mit nach Hause.

Die anderen schalten sie eine elende Nervensäge und zogen sich einer nach dem anderen zurück.

Ich blieb! Mitleid? Interesse? Was ist Frauenfreundschaft?

Ich war neu in der Großstadt und hatte keine Freundin.

In den politischen Gruppen ging es nicht um Freundschaft, sondern, wie ihr Name schon sagte, um Politik. Alle Energien sollten in die Ziele der Gruppe fließen.

Mich faszinierte ihre Rattenhaftigkeit, wobei ich niemals etwas gegen Ratten hatte und zum heutigen Rattenboom beitrage, indem ich selbst ein solch faszinierendes Tier halte.

Edda biss sich durch, egal wer oder was im Weg war.

Mich biss sie nicht, sondern stilisierte mich zum Ideal, was ich mir bei allen Anzweiflungen durch Stevie, die im Hinter-

92

grund lauernde Mutter, die Genossen, deren Ansprüchen ich ausgesetzt war, gerne gefallen ließ.

Bei einer umfänglichen Mängelliste, die ich mir tagtäglich im Sinne der „Kritik und Selbstkritik" unter die Nase reiben musste, stellte ich fest, ich habe Empathie für die unterschiedlichsten Mitmenschen, ich muss sie nur freisetzen wollen. Ein Mittel der Freisetzung ist Interesse - Edda interessierte mich vom ersten Augenblick unserer Begegnung an.

Danni hatte sich eine Zweitbeziehung zugelegt, sie hieß Vera. Aus meiner Zweitbeziehung war meine Erstbeziehung geworden, wir waren in ein bürgerliches Haus umgezogen, was mein Leben auch nicht erleichterte - oder doch?

In Eddas Augen war ich als Gewinnerin aus dem besetzten Haus hervorgegangen. Sie hatte auf den Schleichwegen des zweiten Bildungswegs ihr Abitur gemacht. Jetzt kam das Pädagogikstudium an die Reihe. Edda widersetzte sich vollkommen meinen Ratschlägen. Ich befürwortete ihren Einsatz dort, wo sie herkam, nämlich am Arbeitsplatz der Tippsen die Revolution anzuzetteln. Jede sollte an ihrem gesellschaftlichen Ort Politik machen und sich nicht individuellen Karrierewünschen hingeben. Ihr Bildungsbedürfnis ließ ich genauso wenig gelten wie ihren Aufstiegswunsch; ihre dominante Art; ihre Unausgeglichenheit und ihre Herrschsucht gingen mir auf die Nerven. Jetzt ist der Zeitpunkt gekommen, sie loszuwerden, frohlockte ich, als ich mich mit neuem Freund in neuer Umgebung wiederfand.

Wir waren noch in den Umzugswirren, als mich Dannis Anruf erreichte.

„Edda hat einen Selbstmordversuch gemacht."

„Blieb es bei dem Versuch?"

„Ja. Er war auch nicht besonders Ernst gemeint, wenn du mich fragst. Sie verlangt nach dir, kannst du kommen?"

Ich sprang sofort in den Bus und fand eine leichenblasse Edda, die von weißen Lilien umgeben war.

Sie schlug die Augen auf, als ich eintrat, folgte meinem irritierten Blick.

„Wenn du der Gemütlichkeit halber eine Kerze anzünden möchtest, dann tu dir keinen Zwang an. Sieht aus wie bei einem Requiem, nicht wahr?"

Sie hatte ihren Sinn für Humor nicht verloren, stellte ich erleichtert fest und strich zart über ihre Wangen.

„Was machst du für Sachen?"

„Ach weißt du, leider, ich verbessere mich, zum Glück hat es nicht geklappt. Ich möchte leben, zumal ich jetzt weiß, dass Danni eh nicht mein Typ ist. Er ist das ewige Genie. Meinetwegen. Ich zieh jetzt auch aus, weiß nur noch nicht wohin...

Kannst du mir bei der Suche behilflich sein?" Ich gab keine Antwort, seufzte tief.

„Ich weiß, du steckst selbst noch im Umzug, wenn du nur hier bist. Das ist alles, was ich brauche. Ein bisschen Freundschaft, ein bisschen Verlässlichkeit."

Darüber schlief sie ein.

Die Erfahrungen mit Edda sind, ob ich will oder nicht, in meine Persönlichkeit eingegangen und beeinflussen mein jetziges Leben - in Ansätzen, wie Edda zu sagen pflegte.

Ich durchlebe die Tage vom Morgen zum Abend durch Jahreszeiten, Krisen, Launen, persönliche Entwicklungen bis zum Exzess. Durch Eddas Tod empfinde ich das Sein als exzessiv; von Sekunde zu Sekunde treibt mich der Lebensfluss weiter, wälzt sich durch die Gehirnbahnen, lässt das Herz ununterbrochen klopfen, die Lunge pumpen. Auch mein Gehirn und seine Arbeitsleistung lässt nichts zu wünschen übrig. Unerschüttert macht es alle Schritte und Sprünge mit, lässt die Flut der Gedanken durch die Gehirnwindungen gleiten. Erbarmungslos sind die Überschwemmungen; sie fordern dem guten alten Gehirn planvolles Strukturieren und vor allen Dingen Besonnenheit ab, sorgen gleichzeitig für Reinheit und Frische. So kann neues Denken Eingang finden und ein müheloser Abschied von Überkommenem stattfinden.

Und wo bleibt Edda angesichts dieser Überflutungen? Sie krallt sich in allen ihr zur Verfügung stehenden Gehirnfeldern fest und zwar in beiden Hemisphären; dabei wäre diese Hartnäckigkeit, die sie an den Tag legt, gar nicht nötig, denn durch ihren Tod hat sie sich mir für immer eingeprägt.

Nachts, wenn das Bewusstsein sein Szepter abgegeben hat, erlebe ich Edda zuweilen in einem dieser wiederkehrenden Träume, in denen sie unerwartet, aber selbstverständlich auftritt, so als sei sie schon immer da gewesen.

Im Traum sehe ich mich zunächst aus einiger Entfernung selbst und begrüße dann die mir gleichende Ichfigur erfreut auf der Reling eines schnell dahingleitenden prächtigen Schiffs, auf dem ich die Luxusklasse bewohne und mich in erlesener Garderobe in ernste Gespräche verwickelt sehe. Meine Gesprächspartner entstammen der Kultur- und Filmszene und lauschen eifrig meinen Ausführungen. Was genau gesprochen wird, teilt mir der Traum nicht mit. Wir befinden uns auf einer Überfahrt. Ich bin noch nicht angekommen, weiß aber, ich werde nicht untergehen. Wohin das Schiff mich bringt, weiß ich nicht, doch ich spüre eine nie gekannte Energie in mir.

Ich trage ein zeitloses, einfach geschnittenes granatrotes Kleid, während die Roben der Damen und Herren den zwanziger Jahren nachempfunden sind. Technologie und Ausstattung des Luxusliners weisen ins fortgeschrittene dritte Jahrtausend, modische Anspielungen, Accessoires und Requisiten aus den Zwanzigern sind reine Nostalgie.

Ich bin eine Dame mit sehr viel Geld. Nach meinem Begleiter schaue ich mich in diesem Bild vergeblich um, vielleicht ist er gerade in seiner Kabine und mit Lesen beschäftigt. Kein Ring am Finger, kein kostbares Juwel lassen auf sein Vorhandensein schließen. Ich trage nicht einmal einen Haarschmuck.

Die Ichfigur hat netterweise meine Größe beibehalten. Sie ist sehr schlank (im Gegensatz zu mir), ja, und ich rauche auch wieder. Vielleicht sind inzwischen Zigarillos auf dem Markt, deren Konsum geradezu gesund ist. Dass ich das noch erleben durfte, sage ich mir und ziehe genüsslich an meinem Zigarillo. Trotz Seegang wird mir nicht schlecht.

Ich lebe im Bewusstsein auf dem Dampfer, eine wunderbare, erwachsene Tochter zu besitzen. Unser Verhältnis ist harmonisch, ausgeglichen. Doch sie ist leider nicht an Bord. Sie fehlt mir, doch ich weiß, dass ich damit leben muss.

Sexuelle Wünsche sind mir hier im Gegensatz zu früheren Lebensphasen so gut wie unbekannt. Ich erinnere mich im Traum sogar meiner eigenen zwanziger Jahre, in denen ich nichts tat, als in meiner Gefühlswelt Orientierung zu finden. Jede einzelne Lebensphase kann ich im Traum abrufen, obwohl sie bei genauer Berechnung schon Jahrzehnte zurückliegen müsste.

Die Frage des Alters ist mir jedoch gleichgültig an Bord dieses Schiffes. Vielleicht lebe ich in einem Zeitalter, da zeitimmanente Überlegungen für Menschen mit den entsprechenden Geldmitteln längst überflüssig geworden sind.

Ich fühle mich großartig, verströme ein so fantastisches selbstverliebtes Körpergefühl, dass das „andere Geschlecht" mich völlig kalt lässt.

Überraschenderweise sind gerade die Kameras des Weltfernsehens auf mich gerichtet, um mich bei einer völlig aktionsarmen Handlung, nämlich dem Lesen zu filmen. Der Grund: Täglich lese ich mindestens fünfzig Bücher, lasse mich gerne von Krimis unterhalten, verfolge weiterhin die großen Epochen der Literaturgeschichte; in der Romantik kenne ich mich besser aus denn je.

Kein Wunder, denn ich habe nach meiner Arbeit über Rahel Varnhagen drei unbekannte Schriftstellerinnen dieser Zeit ausgegraben und sie der interessierten Leserschaft vorgestellt. Von mir erstellte CD-ROMs haben sie der Weltöffentlichkeit zugänglich gemacht.

Eine meiner Autorinnen berichtet in diesem Medium über ihren Kontakt mit außerirdischen Wesen. Ich lebe also in einer Zeit, in der Frauengestalten aus der Literatur zu Vorbildern erhoben werden.

Das Vorhandensein Außerirdischer steht mittlerweile außer Frage; ihre Intelligenz ist höher als die menschliche und ermöglicht ihnen, in geistiger oder in materialisierter Form zu erscheinen, doch den Schlüssel für beide Existenzformen teilen sie uns nicht mit. Im Kontakt mit mir geben sie sich als idealisierte Menschen; sie wirken - durch einen makellosen Teint zum Beispiel - ein wenig starr und glatter als menschliche Wesen; können jedoch ohne weiteres als Homo sapiens durchgehen.

Erstaunlich finde ich meine Fähigkeit, Verstorbene in neuer materieller Zusammensetzung herbeizuholen, - wenn diese es wünschen. Ich weiß, in den Augen meiner Mitmenschen grenzt dies an Hexerei. Diese Fähigkeit hat mir nicht nur Freunde eingebracht ... Mit Mutters Materialisierung hatte ich nie Erfolg und habe die Versuche aufgegeben. Sie bleibt dort, wo sie sich jetzt aufhält, im „Äther". Doch sie erteilt mir brauchbare Ratschläge, schreibt mir ganze Manuskripte für meine Vorträge über Ökologie der Umwelt, des Leibes und der Seele. In diese Materie hat sie sich nämlich seit ihrem Ableben gut eingearbeitet.

Eddas habhaft zu werden ist dagegen einfach; dem Traum folgend, steht sie mir jetzt als außerordentlich diskrete Kammerzofe zu Diensten.

Ich kann diese wunderbare Wandlung kaum fassen.

Zu ihren Lebzeiten wäre es ihr doch nie im Traum eingefallen, meine Garderobe zu betreuen. Im Gegenteil, fast an allen Kleidungsstücken übte sie heftige und eindeutige Kritik; ihr fehlten weibliche Attribute. Jetzt lüftet sie stillschweigend die Kleidungsstücke aus, kümmert sich bei den

Seidendessous um ihre sanfte Reinigung, bügelt die Blusen aus edlem Material, näht Pailletten und Federn auf, regelt den Ersatz von Kurzwaren und kleine Notwendigkeiten, die im täglichen Leben anfallen.

Da sie meinen Geschmack von jeher genau kennt und ihn mittlerweile nicht nur toleriert, sondern auch akzeptiert, ist sie mir, natürlich nur, wenn ich das wünsche, bei der Auswahl meiner Garderobe, die wir in den Metropolen der Welt erstehen, behilflich. Wir kaufen nicht besonders viel, aber vom Feinsten. – Was heißt „kaufen"? Da Edda als Modeschöpferin eigener Kollektionen mit den großen Modehäusern in engem Kontakt steht, habe ich freie Wahl. Edda „organisiert" das für mich.

Edda ist heute an Bord, ich fühle es. Sie wird jeden Augenblick erscheinen; wir werden gemeinsam zum Abendessen gehen und Zukunftspläne schmieden.